ANDRÉ DINIZ E DIOGO CUNHA
org. e histórias

VEM PRO BOLA, MEU BEM!

CRÔNICAS E HISTÓRIAS
DO CORDÃO DA BOLA PRETA

ALDIR BLANC • EMÍLIO DOMINGOS • HELOISA SEIXAS
• LUIZ ANTONIO SIMAS • MARCELO MOUTINHO •
MARIANA FILGUEIRAS • MARINA IRIS • MOACYR LUZ
• NEI LOPES • PEDRO ERNESTO • RAQUEL VALENÇA
• APRESENTAÇÃO DE ALBERTO MUSSA

nauanda
EDITORA

SUMÁRIO

Alberto Mussa | Apresentação | Bola Preta ·················· 11

André Diniz e Diogo Cunha | Prefácio | Ora, bolas ········ 13

Pedro Ernesto Marinho | Minha Vida no Cordão da Bola Preta
·· 19

André Diniz e Diogo Cunha | O Xerife, O Brigadeiro e o Delegado ·· 25

Nei Lopes | O Bola sempre foi democrático ···················· 33

André Diniz e Diogo Cunha | O tal ou a tal Bola Preta ··· 43

Mariana Filgueiras | No baú alvinegro, mistérios coloridos ··· 49

André Diniz e Diogo Cunha | Os 18 do Forte ············· 57

Heloisa Seixas | Sobrevoando o Bola ······················· 67

André Diniz e Diogo Cunha | Nosso bloco tá na rua ····· 73

Moacyr Luz | Dois no Bola ·· 81

André Diniz e Diogo Cunha | Quem não chora, não mama ················ 87

Aldir Blanc | Beliscou a Elisete e foi beber no Tangará ··· 95

André Diniz e Diogo Cunha | Frederica Eulália Sebastiana Theodorica Hortência da Pomba, a Rainha Moma ······ 103

Luiz Antonio Simas | Manuscritos Satânicos ············· 111

André Diniz e Diogo Cunha | Futebol à fantasia Bola Preta A. C. ················ 119

Raquel Valença | Iniciação ················ 127

André Diniz e Diogo Cunha | Água no chope! ············ 135

Marina Iris | Todas são de coração foliãs do carnaval ···· 141

André Diniz e Diogo Cunha | Japão no Bola ············· 147

Emílio Domingos | O bloco está na rua ················ 153

André Diniz e Diogo Cunha | Santo de casa ············· 161

Marcelo Moutinho | Cabelo novo ················ 167

Bibliografia / Hemerografia ················ 171

*Este livro é dedicado à
Heloisa Nascimento Alves,
"Helô", inesquecível.*

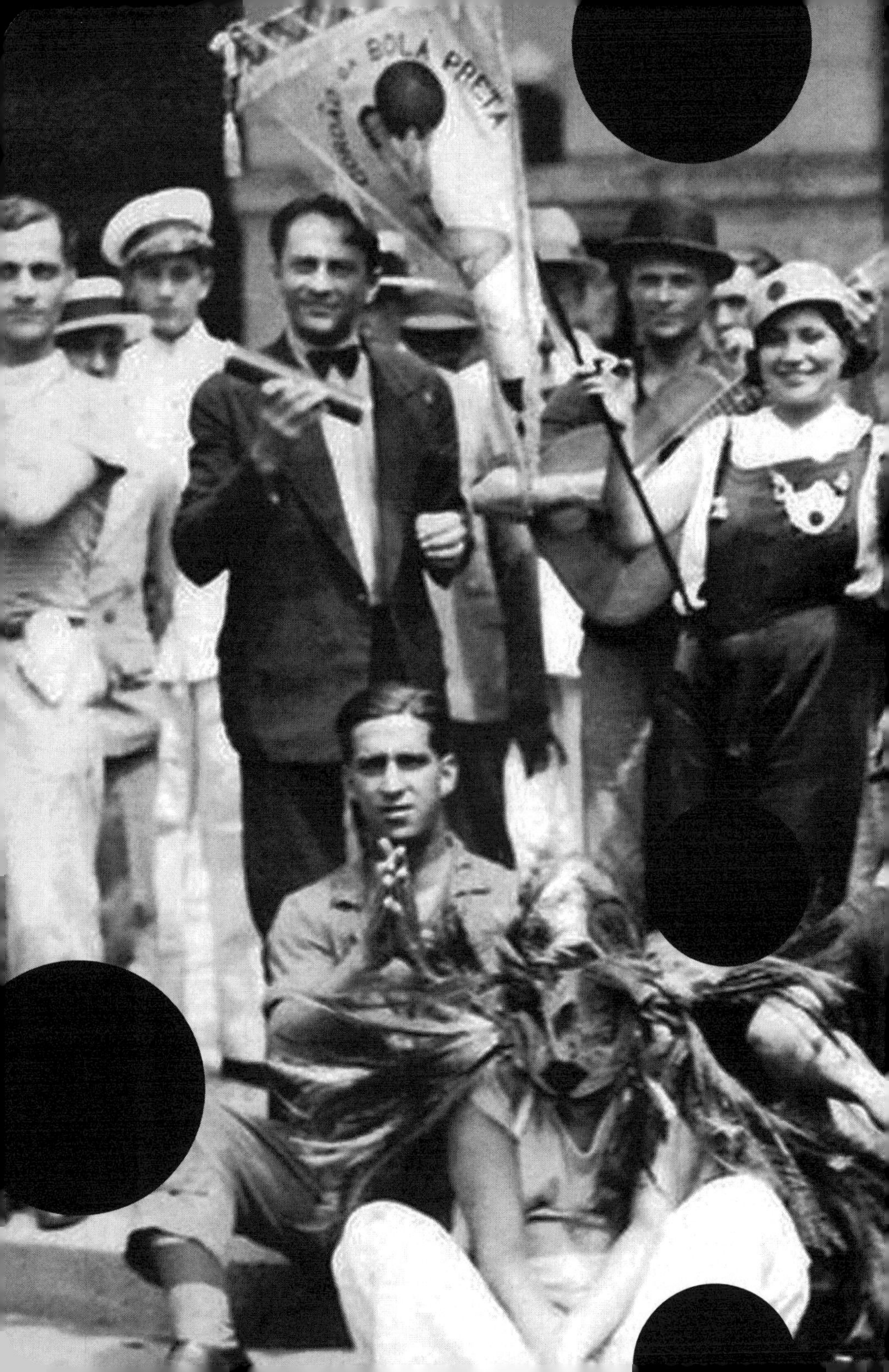
BOLA PRETA

APRE SENTA ÇÃO

ALBERTO MUSSA

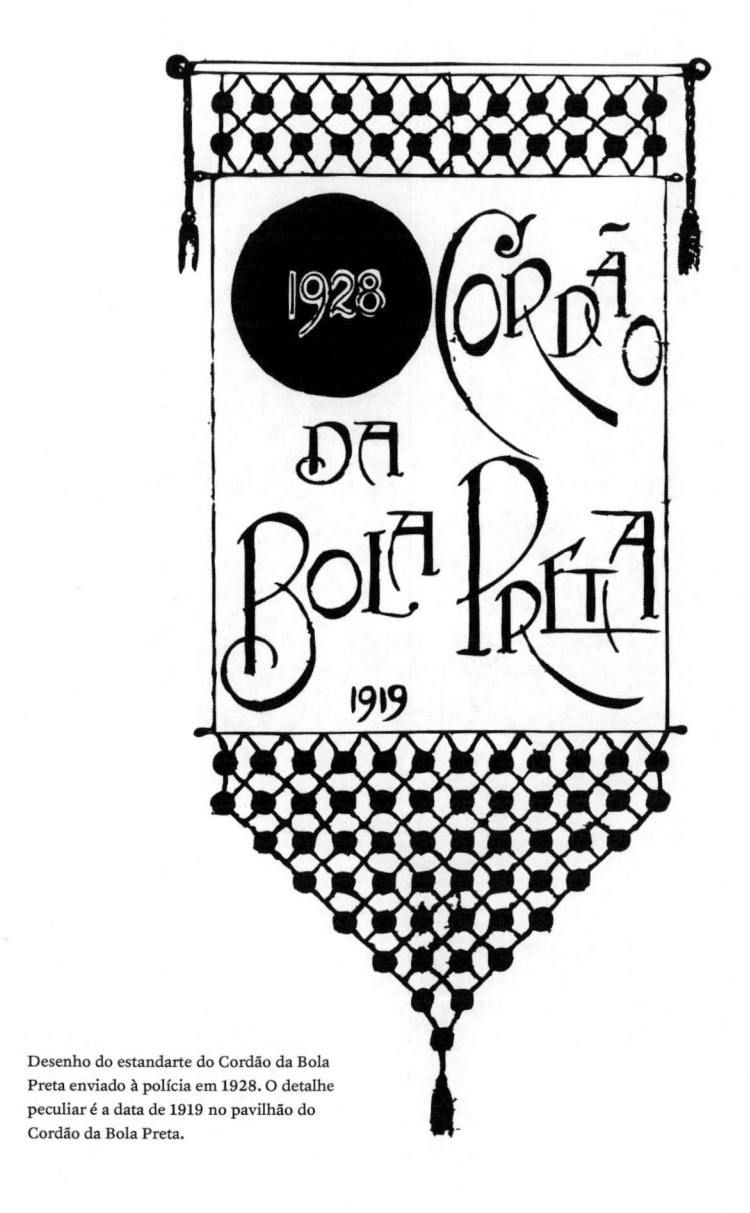

Desenho do estandarte do Cordão da Bola Preta enviado à polícia em 1928. O detalhe peculiar é a data de 1919 no pavilhão do Cordão da Bola Preta.

Alberto Mussa é um dos maiores escritores brasileiro da atualidade. Seus livros foram traduzidos para mais de dezessete países, entre eles, *O enigma de Qaf*, prêmio Casa de las Américas e *O movimento pendular*, prêmio Machado de Assis.

BOLA PRETA

Vez por outra me perguntam qual o mais carioca dos nossos contistas. Minha resposta não varia: Machado de Assis. Mas se me perguntassem qual o conto mais carioca da literatura brasileira, não escolheria nenhum título do "Bruxo".

Antes que me acusem de contradição, explico: Machado captou, como ninguém, o espírito do Rio de Janeiro. Mas ele ainda vivia na Cidade Mítica, na cidade que viria a ser.

A cidade só passou a ser depois de arrasarem o Morro do Castelo, depois que o Vasco da Gama passou a disputar o Campeonato Carioca, depois que Wilson encontrou Noel, depois das Escolas de Samba, depois que a folia de rua assumiu, de modo definitivo, o protagonismo do carnaval.

O conto mais carioca de todos os tempos – escrito, naturalmente, por um paulista – trata desse último tema: do carnaval de rua, do carnaval dos blocos. É a história de um funcionário modesto de repartição pública, tipo humilde, pacato, trabalhador, que faz sacrifícios para comprar fantasias e deixa as filhas irem brincar sozinhas num inocente bloco da vizinhança. Só na Quarta-feira de Cinzas é que percebe o tamanho do problema, ao constatar que elas não voltaram; que não iriam mais voltar.

Quando li *O bloco das Mimosas Borboletas*, escrito por Ribeiro Couto e publicado em 1927, a primeira coisa que me veio à mente foi o Bola Preta. Não me preocupo, aqui, com a exatidão das cronologias, porque o tempo é uma abstração: falo de símbolos. E não me parece que haja nada tão simbólico, tão poderosamente evocador do fenômeno descrito por Ribeiro Couto que o nosso centenário Bola.

O Bola Preta não é o Cacique nem o Bafo. Não é o Canários nem a Flor da Mina. O Bola Preta traz inscrita em si a marca dos que nascem para um destino e optam por outro. O Bola Preta só passou a ser quando atendeu, ou sucumbiu, ao chamado da Rua.

A história do Cordão do Bola Preta – o livro que vocês têm em mãos mostra isso muito bem – é a descida, o abandono, a libertação dos salões. O Bola Preta é a abertura das comportas.

André Diniz e Diogo Cunha – esses dois cracaços que entendem tudo de cultura carioca – não podiam ter escrito e organizado livro tão oportuno, num momento em que parte da sociedade brasileira revela desejo tão nefasto de voltar a se trancar nos salões.

Vem pro Bola, meu bem reúne ainda um time de primeira grandeza: Aldir Blanc, Emílio Domingos, Heloisa Seixas, Luiz Antonio Simas, Marcelo Moutinho, Mariana Filgueiras, Marina Iris, Moacy Luz, Nei Lopes, Pedro Ernesto Marinho, Rachel Valença. Nenhum deles precisa de apresentação.

Agora, então, é deixar que os textos fluam. Tenho certeza que, no fim, você vai concordar comigo: a Cidade é a Rua. Sorte de quem atende ao chamado... e vai pro Bola!

ORA, BOLAS

O balacobaco de 2012 é um marco na história do Cordão da Bola Preta. O Cordão entupiu a Avenida Rio Branco, desfilando em sentido inverso da Candelária – como ponto de partida – até a Cinelândia, com mais de 2,2 milhões de foliões. E isso, é bom que se diga, segundo os cálculos da polícia militar que, aqui entre nós, geralmente joga para baixo o número de brincantes. Os organizadores do babado e os mais otimistas apontaram 2,5 milhões de pessoas. Pois bem: nesse ano, o Bola disputou cabeça a cabeça, folião por folião, com o recifense Galo da Madrugada, o título de maior bloco do mundo. Até mesmo o mais histórico e tímido dos foliões, vesgo de cerveja, cachaça e o diabo, dava pulos de meio metro ao som da Banda do Bola Preta.

O desfile contou com dois detalhes pra lá de inusitados: cinco trios elétricos (à moda do carnaval baiano) e um enredo na melhor tradição das grandes sociedades e escolas de samba, "O Bola é nosso e o petróleo também". Mas o hino do Cordão, *Segura a Chupeta*, de Nelson Barbosa e Vicente Paiva, continuava tinindo:

Quem não chora, não mama!
Segura, meu bem, a chupeta
Lugar quente é na cama
Ou então no Bola Preta

Vem pro Bola, meu bem
Com alegria infernal!
Todos são de coração!
Todos são de coração
(Foliões do carnaval)
(Sensacional!)

O Cordão da Bola Preta chegava ao auge da forma, mesmo administrando a ressaca por ter perdido, em 2008, sua suntuosa sede na rua 13 de Maio, resultado de uma dívida obscena, intransponível e impagável. Curiosamente, e veremos depois, o Bola Preta é uma espécie de Viúva Porcina dos cordões carnavalescos – aquela que foi sem nunca ter sido. Explicamos: o Cordão sempre foi um clube, mas em um determinado momento se converteu em bloco carnavalesco cheio de borogodó. Para além dos consagrados desfiles, ao longo de sua trajetória, o Bola Preta levantou outras bolas, outras bandeiras carnavalescas: banhos de mar à fantasia, futebol à fantasia, feijoadas porcamente completas e patrióticas, angus à baiana, macarronadas dançantes perigosíssimas e dignas de Mussolini, uns vatapás à moda da terra do Caramujo (de lamber os beiços), Nipo-foliões-espiões, Rainha Moma etc. etc. Também "batizou" tinturaria em Vila Isabel, time de basquete, padaria no Grajaú, café na Penha Circular, cerveja em Petrópolis, escola de samba em Brasília, salão de sinuca em Niterói, uma empresa de transporte (A Expresso Bola Preta),[1] uma revista (de Rego Barros e J. Praxedes, rigorosamente ensaiada e encenada em torno de fatos mais palpitantes da atualidade),[II] um restaurante (situado na Praça da República, n° 69, de propriedade do sr. Figueiredo),[III] uma marca de água sanitária e até mesmo cavalo no Jockey Club...

O livro *Vem pro Bola, meu bem: crônicas e histórias do Cordão da Bola Preta* é um pouco disso tudo, sem pretensão acadêmica e, tal qual o Cordão, sem cordas e sem pipoca. Organizamos o pagode com histórias emblemáticas da agremiação, apresentação de Alberto Mussa, música de Aldir Blanc e crônicas escritas por um time de foliões de primeira linha: Nei Lopes, Moacyr Luz, Raquel Valença, Marina Iris, Marcelo Moutinho, Pedro Ernesto Marinho, Luiz Antonio Simas, Heloisa Seixas, Mariana Filgueiras, Emílio Domingos. Cada um dos escritores conta um pouco das suas experiências com o Cordão.

Por vezes, o texto enxuto e direto não releva os mais de 40 mil jornais consultados para o livro. O que poderia se tornar uma tarefa hercúlea se não fosse o desmedido trabalho de uma hemeroteca digital, da Biblioteca Nacional e do acervo do jornal *O Globo*. Ainda ouvimos entrevistas dos fundadores (estão lá no MIS-RJ pra quem quiser conferir) e documentos novinhos em folha retirados diretamente do acervo do Cordão da Bola Preta, cedido gentilmente por seu presidente Pedro Ernesto Marinho e pela produtora Heloisa Alves.

Sem fantasia, o nosso ensaio não tem a intenção de esgotar o enredo sobre o Cordão da Bola Preta. Mas, infelizmente, até o momento em que fechamos esse livro comemorativo, não temos informações de outra obra que venha homenagear a mais prestigiada e histórica agremiação carnavalesca do Rio. Paciência!

Esse livro, recheado de ilustres convidados, pode ser lido tal qual o folião entra e sai de um bloco de sujo, da sua rua, do seu bairro, da sua cidade. Pode ser lido do início até o fim, do meio pro final ou mesmo do meio pro início. Os autores se sentirão lisonjeados se os leitores responderem positivamente à pergunta ululante e premente do livro: já foi pro Bola, meu bem!?

Diogo Cunha e André Diniz
Laranjeiras, Rio de Janeiro, 2018.

André Diniz é historiador e autor de mais de duas dezenas de livros, entre eles os *Almanaques do Samba, do Choro e do Carnaval* e ainda as biografias do flautista Joaquim Callado e do maestro Anacleto de Medeiros, que saíram pela editora Zahar. Pela Casa da Palavra, lançou *Pixinguinha: o gênio e o tempo* e *Noel Rosa, o poeta do samba e da cidade*. Lançou os infanto-juvenis *Pirulito*, em 2017, e *Kalu*, em 2018, pela Numa Editora

Diogo Cunha é um seminovo autor de uma dezena de livros sobre música brasileira. Entre eles: *República Cantada: A história do Brasil através da música* (com André Diniz) e *Princípio do infinito: um perfil de Luiz Carlos da Vila* (com Luiz Antonio Simas). É torcedor do Boêmios de Irajá, do Galo de Ouro da Leopoldina e de Emilinha Borba.

MINHA VIDA
NO CORDÃO
DA BOLA PRETA

PEDRO ERNESTO MARINHO

Foliões do grupo Esquina do Pecado, do
Cordão da Bola Preta em 1930.

Era noite de sexta feira, 15 de janeiro de 1971. Eu, com 19 anos, vindo da cidade de Itaocara-RJ, começava a dar os meus primeiros passos na Cidade Maravilhosa. Ao descer de um ônibus na rua Evaristo da Veiga ouvi o batuque gostoso que invadia o início da madrugada, olhei para o majestoso Edifício Municipal e, pelas janelas no terceiro andar, dava para ver que o parangolé estava bom demais. Era o Cordão da Bola Preta com a sua logo num lindo luminoso, e a bandeira que tremulava no alto do mastro naquele imponente prédio.

Entrei na longa fila, adquiri o meu ingresso e numa nova fila para o elevador. Quando cheguei ao terceiro andar, vi que tinha entrado no paraíso: era a famosa RODA DE SAMBA DO BOLA que acontecia todas as sextas feiras, com os melhores compositores e cantores das nossas escolas de samba. Toda vez que podia, eu lá comparecia, não só às sextas-feiras, mas também nos bailes aos sábados. E sempre nos pré e carnaval do Quartel General dos Folguedos de Momo.

Fui conhecendo pessoas e coloquei uma meta: ser sócio do Bola. A grana era curta, eu estava iniciando a minha vida profissional e o que ganhava não permitia realizar esse sonho, mas nem por isso deixei de frequentar o Bola sempre que dava. Muitas vezes conseguia convite, principalmente para os eventos do carnaval.

Em maio de 1974, finalmente realizei o meu sonho. O Bola lançou uma campanha chamada BOLA JOVEM, e quem tinha entre 18 e 23 anos pagava uma joia de CR$ 100,00 e se tornava sócio. Quanto orgulho de portar a carteira de associado! Dali em diante passei a ser frequentador assíduo, pois já não precisava mais me preocupar com o pagamento da entrada em qualquer dos eventos, o Bola não tinha a famosa taxa extra, comum nos outros clubes, para os eventos de carnaval.

A cada amizade que eu fazia e a cada história que me contavam do Bola, a minha paixão aumentava. Um personagem, dentre muitos que conheci, fez o Bola entranhar forte em mim: o último fundador vivo, Francisco Carlos Brício, o "Chico Brício", que adorava falar sobre o Bola. Um fato que chamava a atenção era o respeito dele com a instituição, quando a Banda do Cordão da Bola Preta iniciava os bailes, sempre com o consagrado hino "Quem não chora, não mama", ele se colocava em posição de sentido, com a mão no coração em sinal de respeito a instituição fundada por ele junto com os outros dezessete boêmios de boa cepa.

Em 1981, eu e alguns amigos das cervejas de fim de tarde na sede do Bola pedimos autorização à diretoria do Bola para que pudéssemos criar uma ala. A autorização foi dada. Criamos a ALA IMPERIAL e nos juntamos à famosa Ala da Koréa. Numa noite de regalos da nossa ala e depois de alguns muitos goles, falei para todos que um dia eu gostaria de ser o presidente do Bola, dizem que o universo conspira a favor dos sonhos e no dia 01 de junho de 2007 fui aclamado Presidente do Cordão da Bola Preta, o mesmo aconteceu em 2009, 2011 e 2016, realizando um sonho da minha mocidade.

Jamais sairá da minha cabeça os desfiles do Bola nas manhãs de sábado de carnaval que os antigos chamavam de passeata, quanta alegria dominava os foliões naquele trajeto que se repetia todos os anos pela rua Araújo Porto Alegre, rua México, avenida Nilo Peçanha, rua da Carioca e Praça Tiradentes, com a banda a pé sob a batuta do meu eterno amigo Roberto Sodré, era pura alegria. O público se postava nas calçadas e com total respeito aplaudia a passagem do Bola. Os tempos mudaram, mas o respeito e a paixão dos foliões continuam cada dia mais intensos e representam o combustível que precisamos para atravessar os 365 dias até o carnaval do ano seguinte na administração do Bola.

Nunca serão esquecidos os réveillons, os pré-carnavais, as boates do executivo das quartas-feiras, as rodas de samba das sextas-feiras e os bailes de sábado com as melhores bandas e orquestras que os salões brasileiros conheceram, nunca sairão da minha memória os inesquecíveis bailes do Sarong e o futebol à fantasia no campo do São Cristóvão, na rua Figueira de Mello.

Ser Presidente do Bola tem sido uma experiência prazerosa na minha vida, nada e nenhum acontecimento, por pior que tenha sido, me tirou o entusiasmo de ver o Cordão da Bola Preta no lugar que merece estar. Ser presidente no ano do centenário do Maioral dos Maiorais foi uma das maiores alegrias da minha vida, enche o meu coração de alegria.

Por sua trajetória de 101 anos de excelentes serviços prestados a MPB, a boemia e, principalmente, ao carnaval tradicional da Cidade Maravilhosa, o Bola merece muitos outros centenários.

Peço aos meus protetores, aos meus guias, ao Padroeiro do Cordão – São Jorge Guerreiro – e ao nosso Deus supremo que preserve a minha saúde, me mantenha motivado para concluir o trabalho da completa revitalização do Cordão da Bola Preta de forma a ver o ícone do carnaval carioca perene para futuras gerações e comemorando muitos anos, décadas e centenários na sua gloriosa trajetória.

Viva o Cordão da Bola Preta!!!

Pedro Ernesto Marinho,
Presidente do Cordão da Bola Preta

O XERIFE, O BRIGADEIRO E O DELEGADO

ANDRÉ DINIZ E
DIOGO CUNHA

A partir do momento em que o Bola Preta ganha as ruas, ele pôde erguer a cabeça e bater no peito: "Eu sou eu, o Cordão da Bola Preta". Desfile do Cordão da Bola Preta no centro do Rio de Janeiro, sem data.

No final da década de 1910, quem dava as cartas no pedaço era o Getúlio. E o seu lugar-tenente atendia pelo sonoro nome de José Sempre Fardado. Tinham guarita no Estado Maior, mas sem alta patente, Eurico das Coroas, Buldogue, Chico Caboclo, Moleque Simão, Camisa do Paraíso, Manuel Maluco, Cabeça de Bagre, Antenor Camarão, Caipira. Mas era Getúlio da Praia o mandachuva dos Piratas do Rio de Janeiro – organização também conhecida como a Mão Negra, tendo seu poderoso quartel-general no Mercado Novo.

Uma das formas de atuação do grupo era, no mínimo, curiosa. Pela manhã, o bando ia assistir ao leilão de peixe. Metidos na multidão, iam cobrindo os lances, um por um, e arrematando, por preços salgados, cardumes de peixes, lotes de camarão, caixas de lulas. O golpe? Eles esperavam todos se afastarem e então entregavam uma mixaria ao leiloeiro. O vendedor dava pulos de meio metro. Gritava, esperneava e o diabo. Porém, convencido por um argumento fortíssimo, o soco do Buldogue, o leiloeiro era obrigado a entregar os pontos, a mercadoria, a preço de ocasião.[IV]

O delegado da área, o dr. Aurelino Leal (ele fazia questão do dr.), vendo a gravidade da situação, tomou uma atitude de peito, digna dos grandes personagens da nossa história. Proibiu, sem choro nem vela, os blocos de arenga e os cordões carnavalescos na cidade do Rio de Janeiro. O certo é que as grandes sociedades carnavalescas estavam liberadas para os festejos de momo.

Portanto, em 1916, o carapicú (apelido dos componentes do Clube dos Democráticos) K. Veirinha não teve dificuldade para começar suas atividades carnavalescas no Clube dos Democráticos[1] (à época no Largo do Machado, depois na rua do Hospício, atual Buenos Aires, no Centro). Eu disse K. Veirinha? K. Veirinha, não. Antes de 1918, ele atendia pelo harmonioso apelido de Lorde Trinca Espinha ou Trinca Espinhas. Com a avassaladora proliferação da gripe Espanhola, justamente em 1918, matando milhares de pessoas, Trinca Espinha foi acometido pela gripe e emagreceu horrores. Surgia aí o nome emblemático do carnaval carioca K. Veirinha, o Xerife do Cordão da Bola Preta. Em tempo: o nome civil e por extenso do nosso personagem é Álvaro Gomes de Oliveira, nasceu no Rio de Janeiro entre 1897

---

[1] Sociedades carnavalescas: Com forte influência europeia e constituídas pela autoproclamada "boa sociedade" da época, foram uma das primeiras formas de organização do carnaval carioca. Quem liderou pioneiramente esse novo estilo foi o escritor José de Alencar, em 1854, ano em que criou uma sociedade denominada Sumidades Carnavalescas. O desfile das grandes sociedades, chamado pomposamente de préstito, era o esplendor das atividades anuais dos clubes: Fenianos, Democráticos, Tenentes do Diabo, Pierrôs da Caverna, entre tantos outros. Essas organizações carnavalescas eram frequentadas por prósperos comerciantes, banqueiros, fazendeiros e profissionais liberais. Com ar de "clube do Bolinha", ja que só os homens participavam do comando, elas desenvolviam funções políticas, filantrópicas e culturais, e digladiavam-se para saber quem organizava o melhor baile da cidade. Na questão política, por exemplo, alguns clubes participaram ativamente das campanhas abolicionista e republicana. É o caso de José do Patrocínio, a grande referência na luta abolicionista, que era um destacado folião dos Tenentes do Diabo.

e 1898, era despachante aduaneiro e remador (e torcedor) do Botafogo. O Gomes do Xerife é o mesmo do Brigadeiro Eduardo Gomes, seu aparentado.

> *A espanhola está aí*
> *A coisa não está de brincadeira*
> *Quem estiver com medo de morrer*
> *Não venha mais à Penha*

SÓ SE BEBE ÁGUA

Em 1917, os Carapicús dos Democráticos completavam 50 carnavais. Para a ocasião prepararam um baile no "Castelo" da rua do Hospício, uma pequena, porém sincera, batalha de confetes e um corso-carruaggio na Avenida Rio Branco para comemorar as bodas de ouro.[2] Aí é que está, no rebote do jubileu dos Democráticos, só pra atazanar o juízo, um grupo mais afoito de foliões, é bom que se diga, dos Democráticos, dos Fenianos e dos Tenentes dos Diabos, resolveu fundar o grupo carnavalesco Só se bebe água. Um grupo que, a princípio, ninguém deu a menor corda, a menor bola. Essa rapaziada, encabeçada por K. Veirinha, tinha como símbolo, vejam vocês, um barril de chope com 18 torneiras, uma pra cada um dos componentes.

Mas o Só se bebe água durou somente um ano com esse nome. Foi desse grupo carnavalesco que surgiu, na Galeria Cruzeiro, no Centro, o Cordão da Bola Preta, em 31 de dezembro de 1918. O xerife K. Veirinha, como um bom carapicú e puxando a brasa

---

2 Corso: grupo de foliões com fantasias iguais ou de mesmo tema, que saíam em carros conversíveis pelas ruas mais importantes da cidade e eram aguardados com entusiasmo pela população.

pra sua sardinha, sempre afirmou que a ideia do Cordão da Bola Preta foi sua e que teria sido uma represália à decisão do delegado Aureliano Leal de proibir os cordões carnavalescos no Rio. Aureliano era o mesmo delegado citado na emblemática composição "Pelo Telefone", de Donga e Mauro de Almeida:

> *O Chefe da polícia*
> *Pelo telefone manda me avisar*
> *Que na carioca tem uma roleta para se jogar (...)*

POR QUE CARGAS D'ÁGUA?

Não sabemos o motivo central que levou o grupo de foliões mais afoito a fundar o Só se bebe água, um prenúncio do Cordão da Bola Preta. Mas justiça seja feita, a fundação do Bola Preta não causou uma dissidência – derradeira e quase brutal –, como se supunha anteriormente, entre os integrantes dos Democráticos, Fenianos e Tenentes dos Diabos. E isso é importante pacas, porque relatos frequentes diziam que a fundação do Só se bebe água, e mais tarde do Bola, teria ocorrido por causa de um arranca-rabo de meia dúzia de gatos pingados, em 1917, na sede dos Democráticos. Entretanto, outros indícios dão conta de pistas diferentes para a querela. Pelo que tudo indica, o rififi derradeiro se deu por volta de 1925, 1926. Reza a lenda que não durou nem seis minutos. E teria ocorrido entre dois membros dos Democráticos: José Luiz Cordeiro, o Jamanta, e o Martorelli. Por causa da confusão, o presidente dos Democráticos, Duarte Felix, teria suspendido de forma arbitrária os dois cabras da Sociedade. Já o diretor dos Democráticos, K. Veirinha, tomou as dores dos companheiros de copo. Aí a jiripoca piou de vez.

OS DEMOCRÁTICOS DO BOLA PRETA

Eis um detalhe surpreendente: até 1925, o Cordão da Bola Preta era um grupo dentro dos Democráticos. Está aqui o jornal *O Paiz*, de 5 de janeiro de 1925, que não nos deixa mentir:

> o grupo da Bola Preta, talvez o mais espirituoso e heroico de todos os que são filiados ao 'Castelo', realizou duas importantes festas nos Democráticos no sábado e no domingo. As danças, na noite de sábado, foram animadíssimas e o 'ágape' de domingo foi magnífico, abundante, seguindo-se animadoras danças. Lavraram um tento os Democráticos.[V]

E isso não é tudo.[3] Uma leitora mais atenta percebeu que a matéria de *O Paiz* é de 5 de janeiro de 1925. Ora bola, aí é que está! O grupo (ou Cordão) da Bola Preta, entre 1918 e 1925, na hora da onça beber água, dos bailes e desfiles carnavalescos, se esvaziava, se dissolvia. Segundo relatos dos fundadores o pessoal do Bola Preta alugava um sobrado, uma casa, durante três meses e depois cada um ia "sambar", pular o carnaval no seu clube: o Guimarães nos Fenianos, o Chico Brício nos Tenentes dos Diabos e o K. Veirinha nos Democráticos. Eis outro detalhe que, se não é surpreendente, passou batido por pesquisadores. O estatuto do Bola Preta ratifica a sua fundação em 31 de dezembro de 1918. A notícia, a princípio, não carece de exatidão. Porém, o

---

3 Em 1919, por exemplo, foi anunciada uma "FESTA NO CLUBE DOS DEMOCRÁTICOS" dedicada à diretoria, prestes a terminar o mandato e emendando na comemoração do dia 15 de novembro com o grupo da Bola Preta". *Jornal Correio da Manhã*, Rio de Janeiro, 13 de novembro de 1919, p. 7. Em 1920, na coluna carnavalesca, *O que se diz por aí*, foi escrito: "Democráticos: Grupo do Bola Preta. Reina com maior entusiasmo no 'Castelo' para o baile de hoje. Um novo grupo que surge – o da Bola Preta, que promete as maiores e mais sensacionais surpresas" *Jornal do Brasil*, Rio de Janeiro, 3 de janeiro de 1920, p. 16.

estatuto do Bola Preta é de 1º de fevereiro de 1926, justamente no ano seguinte ao último baile do grupo do Bola Preta no Castelo dos Democráticos. Então, vamos resumir: O Bola Preta, em 1918, pegou um cabo de vassoura e fez um estandarte para o seu cordão. Fazia seus bailes nos salões e desfiles sempre antes do carnaval e só cortou o seu cordão umbilical com os Democráticos, os Fenianos e os Tenentes do Diabo na meiuca da década de 1920. A partir daí, ganhou identidade própria e em pouco tempo não se contentaria apenas com os bailes de salão, partindo para conquistar a sociedade ao desfilar pelas ruas do Rio durante o carnaval.

O BOLA SEMPRE FOI DEMOCRÁTICO

NEI LOPES

CORDÃO DA BOLA PRETA

(Fundado em 1919 - Séde: 13 de Maio, 41 - Tel. 2-3738)

ULTRA SESQUIPEDAL BAILE A' PHANTASIA

a realizar-se no dia 31 de dezembro
para confraternização geral dos bohemios
no anno que se inicia.

Nei Lopes é compositor, poeta, escritor e pesquisador. Renomado por sambas que fizeram muito sucesso, como "Goiabada Cascão", ganhou o prêmio Tim de Música; melhor disco de samba, com o trabalho *Partido em cubo* (2004). Hoje é considerado uma autoridade em cultura e história afro-brasileira, com mais de 35 livros publicados, entre romances, contos, dicionários e enciclopédias.

"Bola Preta é macho ou fêmea? É a Bola ou o Bola?" Essa é a primeira pergunta que ocorre ao folião de primeira viagem. A segunda é: "Com que roupa que eu vou?" E esse foi realmente o dilema do seu Oscarino, depois de tantos anos dedicados à gloriosa agremiação.

Morador de Vila Isabel, onde era meu vizinho, seu Oscarino, um mulato gordo, cara de bolacha, nariz de batata, cabelo esticado, bigode fino, era a cara do bairro. Nascido e criado no Santo Cristo, um dia, melhorando um pouquinho, comprara um apartamentozinho com terraço na Jorge Rudge, a verdadeira "rua dos artistas", como gostava de dizer, em alusão às personalidades moradoras da rua, no passado e no presente. Mas antes de ser meu vizinho, ele – pelo menos era o que dizia –, seguindo uma tradição familiar, já tinha "pintado e bordado".

Contava que frequentava a Vila desde rapazinho, saindo no Deixa Malhar e no Faz Vergonha de Vila Isabel e que, bem mais tarde, tinha fundado, com um grupo de cantores e músicos diletantes, o aplaudido grupo Seresteiros de Noel.

Segundo recordava, naquele tempo ainda havia as chamadas grandes sociedades carnavalescas. Eram clubes de entretenimento fundados por pessoas de "boas famílias", que saiam em cortejo nas ruas com fantasias luxuosas. Então, esse tipo de manifestação acabou se tornando a maior atração do carnaval, ocupando, nas ruas da cidade, o lugar dos chamados "cordões", que desciam dos morros e saiam dos cortiços pras ruas, cantando e batendo seus bumbos, mas a fim de briga, confusão, arruaça, alaúza. Já as grandes sociedades eram outra coisa:

– A primeira delas apareceu no carnaval de 1855, veja você! Os componentes eram rapazes da alta sociedade e saíram com fantasias de luxo, como aquelas do carnaval de Veneza. Você sabe onde é Veneza, não sabe?

Era impressionante como seu Oscarino sabia tudo de carnaval. Mas confundia "gôndola" com "glândula" e "barcarola" com "ventarola". De qualquer forma, esbanjava conhecimento:

– Meu finado pai contava que no carnaval de 1920, a sensação dos Fenianos foi uma melancia puxada por uma parelha de burros. Mas antes eles já tinham apresentado uma alegoria em forma de lira com um timaço de morenas gostosas jogando beijinhos pros marmanjos na Avenida.

Quando o conheci, seu Oscarino já era aposentado da Casa da Moeda. Viúvo, morava com a filha Jandira, separada do marido – "uma chatonilda", como ele dizia – e os netinhos queridos, os gêmeos Jadir e Jordan.

Um sábado, às vésperas de um carnaval, estava eu tomando meu chope no Capelinha quando vi entrar aquele senhor com cara de boa-praça. Vestia, todo pimpão, o tradicional uniforme do Cordão da Bola Preta: uma espécie de pijama de cetim, com blusa de gola fechada no pescoço, transpassada feito um jaquetão de seis botões, mas de manga curta, e uma faixa preta abaixo do barrigão de cervejeiro contumaz, enlaçada do lado esquerdo, no peito o emblema da briosa agremiação.

– Toma um chope comigo, comandante? – Ofereci. E ele impôs a condição:

– Mas esta rodada é minha!

Iniciou-se ali uma amizade imorredoura, com a qual aprendi tudo de Bola Preta... E muito mais.

Sobre o traje que vestia, ele me disse que, tempos atrás, a fantasia se chamava "pijama russo". E, mais atrás ainda, era a roupa dos cossacos, "aqueles caras que dançam frevo, lá na Rússia", ele debochava, inventando que o traje era uma "livre adaptação", criada por um costureiro do Teatro Recreio. Mas antes, teve a fundação:

– Uns dizem que o Bola nasceu por volta de 1925; mas o ano oficial da fundação é 1918. O que eu sei é que "cordão" mesmo, ele nunca foi, porque cordão, salvo raríssimas exceções, era coisa de ralé, de gente desclassificada. Quando o Bola foi criado, o bonito eram as Grandes Sociedades, que tinham bandas de música pra animar as festas em seus salões. Meu finado contava que o maestro dos Democráticos era um sargento chamado Vila-Lobos, veja você. Era mestre de uma banda da Marinha e levava seus músicos pra tocar nos Carapicus, que eram os Democráticos. A banda tocava nos bailes no meio do ano e no carnaval saía na Avenida com o clube.

A partir daquele primeiro bate-papo, eu e seu Oscarino passamos a nos encontrar sempre no Capelinha. E a conversa toda vez recaía no Bola Preta. Às vezes, com três chopes a mais – rebatidos com golinhos de *steinhagger* ou *Underberg* – e temperados com o indispensável presunto de Parma que trazia do Abrunhosa, o velha-guarda exagerava um pouquinho:

– O Sodré foi meu colega na banda da Escola Ferreira Viana. Lá, a gente aprendia a solfejar e a escrever umas cabeças de nota na pauta. Eu abandonei e ele continuou, tanto que se formou maestro.

Mentira pura! Todo mundo sabia que o "maestro" do nome do grande Sodré era cascata. Sabia tanto de música e de regência que comandava a banda de costas pros instrumentistas. Mas, fora alguns desculpáveis exageros, o fato é que o mais-velho sabia mesmo quase tudo do Bola. E quando não sabia, inventava.

Por exemplo: sobre a marcha, que virou hino, ele um dia me disse que tinha sido escrita por certo Nelson Barbosa, em parceria com "um tal de Vicente Paiva". Aí, eu, com todo respeito, tive de chamar ele na chincha. Contei que o mulato Vicente Paiva foi um dos maiores músicos brasileiros. Foi autor de um montão de música de teatro: "Vem de uma remota batucada", "Oh, Bahia da magia" ; "Mamãe eu quero"... Tocava um piano de responsa e escrevia arranjos pra orquestra. Por isso era considerado um maestro – ele, sim! Disso o meu cupincha não sabia. E, mais tarde, eu tomei conhecimento de que a marcha, a famosa "Quem não chora, não mama", foi criada em 35 pro Bloco da Chupeta, formado por frequentadores não associados. E que o bloco, de uma turma de farristas, tinha na frente um galalau fantasiado de bebê chorão, de fralda, segurando um penico cheio de creme de abacate e um chupetão enorme pendurado no peito, chegando abaixo do umbigo.

– No Bola tinha cada figura estupenda!

Em 35, seu Oscarino ainda não estava lá, mas, depois, muita coisa ele viveu e muita gente boa conheceu:

– O Léo Vilar, por exemplo, era um sujeito formidável. Era violonista e diretor dos Anjos do Inferno, um conjunto da Rádio Nacional, do cinema e do teatro de revista. O Léo adorava uma patuscada. E um dia cismou que se o carnaval tinha um Rei Momo, tinha que ter também uma rainha. E aí se apresentou lá como a "Rainha Moma", de cetro e coroa, por cima da peruca de cachinhos, mas gorda e suarenta, vestindo camisola, calçola rendadas... Sem raspar aquele bigode grosso, sua marca registrada. Foi um colosso! Naquele tempo, a moçada sabia brincar.

. .

Seu Oscarino não perdia uma programação do clube, não só de carnaval, como de meio de ano. E na década de 70, seu programa infalível era ir a toda roda de samba das sextas-feiras, que não era uma "roda" como aquelas da antiga, espontâneas, no terreiro. Era, no fundo, uma espécie de programa de auditório, onde mediante um módico cachê – "uma cocada e uma mariola", como diziam os malandros –, compositores das escolas iam lá caititiar seus sambas.

– Eles se reuniam no Ponto, lá embaixo, e ali pelas onze horas, subiam pra tirar chinfra. Eu era amigo de todos eles. Principalmente do Marinho da Muda. Quando ele cantava "A nega é minha, ninguém tasca eu vi primeiro", o Bola vinha abaixo.

A banda é um capítulo à parte na história do Bola. E o grande Oscarino tinha tudo na ponta da língua:

– De formas que, na Ditadura, a de 64, a esquerda festiva tinha inventado a Banda de Ipanema. Mas só tinham um trombone, que ninguém sabia tocar; o tal do Lúcio Rangel ficava soprando e puxando a vara e não conseguia nada. Então, chamaram a turma do Bola. Nesse carnaval, aliás, foi que começou mesmo a Banda.

Até então, o Bola contratava músicos e maestros a cada desfile. Naquele ano, houve uma greve de músicos. O Bola Preta conseguiu sair, mas teve que improvisar um componente na posição de maestro. Isso eu li um dia, mas jamais contei pro meu amigo, pra ele não ficar triste. Depois, em 73, o Bola deu uma força pra banda do Leme. E aí a coisa pegou e surgiu banda pra tudo quanto era lado. Mas o Bola é o pai e a mãe de todas as bandas do carnaval de hoje.

. .

Nas conversas com seu Oscarino fui entendendo que o Bola Preta não é macho nem fêmea, e sim uma agremiação, no melhor sentido da palavra. Tanto que, no Natal, não deixa de reunir os associados em torno de uma mesa enorme, na tradicional ceia, conhecida como a Consoada do Bola. E foi numa das edições desse célebre festejo – segundo eu soube muito tempo depois – que aconteceu o pior.

O grande Oscarino, já sócio remido e integrando o Conselho de Beneméritos, chegou pra festa, deixou os presentes da família na sala da diretoria, vestiu o uniforme de cetim, envolveu a pança com a faixa preta e entrou na rabanada.

Seis horas depois, já bem "prosa", pegou os presentes, chamou um carro de praça e partiu pra Vila Isabel. Quando chegou, entrou pelo lado, foi até o terraço, amarrou – não se sabe como – uma corda pra descer por fora até a janela e desceu, acordando a família com o brado de guerra "Papai Noel chegou" emendado com o "Quem não chora, não mama".

Todo mundo acordou, claro. E o diálogo que se travou, segundo testemunhas auriculares, foi surrealismo puro:

– Palhaçada, Papai! Toma vergonha nessa cara! Ainda faltam dois meses pro carnaval e você já com esse pijama ridículo!

– Pijama, não, Mãe – corrigiram Jadir e Jordan, em uníssono. – Vovô está fantasiado de mestre-cuca.

• •

Naquele tempo, *master-chef* era "mestre-cuca"; *uber* era "carro-de-praça"... E o Bola Preta – que nasceu, em 1918, não pra "manter a tradição dos cordões e, sim, pra implicar com o chefe de polícia Aurelino Leal (o mesmo do "Pelo Telefone"), que tinha proibido os cordões dos negros e o samba que nascia – ainda não era um fenômeno de massa". Desde o baile de fundação, no Clube dos Políticos, na rua do Passeio, naquela noite de 31 de dezembro, o Bola sempre foi, isto sim, um clube democrático, posicionado contra todo tipo de preconceito... E uma grande família.

Foliões desembarcando do ônibus – que era chamado de chope-duplo pelos cariocas – na porta do Cordão da Bola Preta em 1933.

A TAL
BOLA
PRETA

ANDRÉ DINIZ E
DIOGO CUNHA

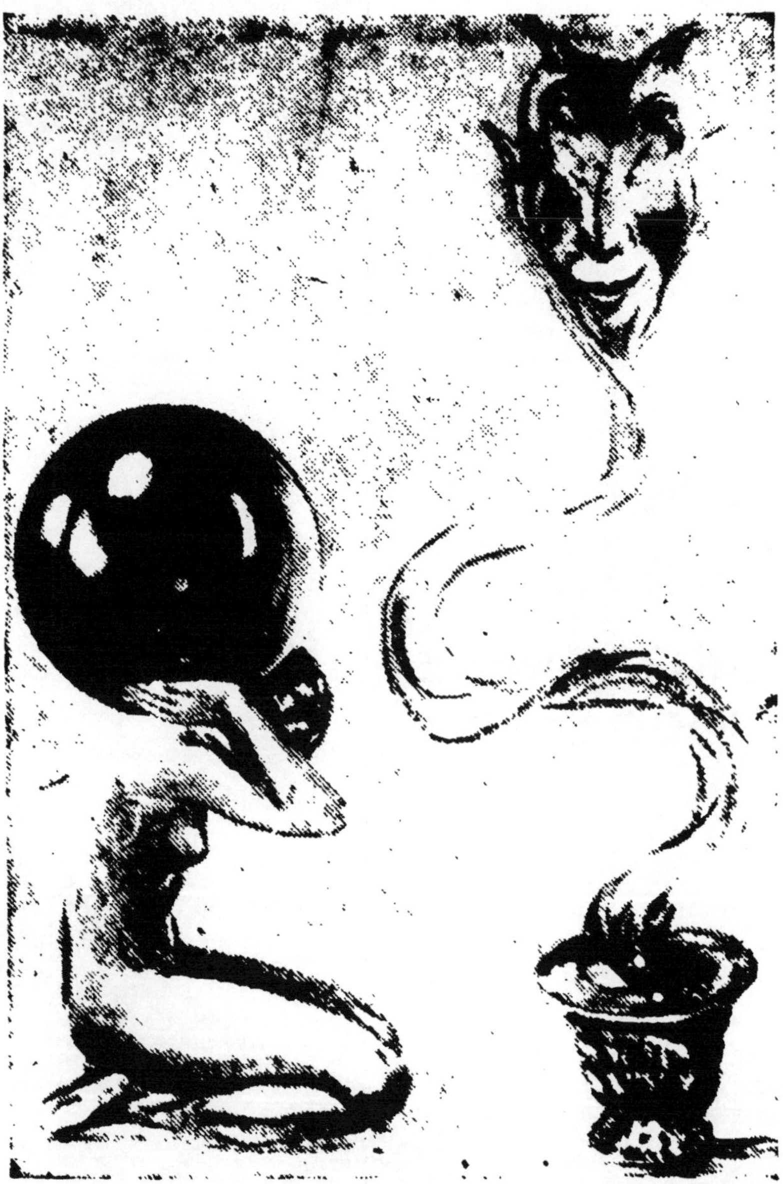

Em 1918, o brasileiro ainda tinha febres hediondas com a Gripe Espanhola. A cidade parecia um verdadeiro deserto, sem um mísero camelo, sem uma única miragem. No Rio de Janeiro, cantaram pra subir, segundo estimativas, 15 mil pessoas. Gripe extremamente democrática, vitimando até mesmo o presidente da República, Rodrigues Alves. Os médicos prescreviam limão, canela e canja de galinha.

Data também desse período um dos maiores símbolos do carnaval carioca, a tal da Bola Preta. Segudo o relato de Chico Brício, um dos fundadores do Bola Preta e exímio frequentador da Praia das Virtudes,[1] a história é mais

---

1 A Praia das Virtudes era parte de onde foi construído o Aeroporto Santos Dumont. Contamos uma boa história sobre Chico Brício, um dos principais personagens do Bola, publicada no *Jornal Diário de Notícias*, Rio de Janeiro, 15 de fevereiro de 1931, página 11: "Parece conto do vigário, do bispo, do diabo, mas não é. Ao meio-dia de ontem, sábado, o Chico Brício andava pela rua Gonçalves Dias, completamente encervejado, metido no garboso uniforme de soldado raso do Cordão da Bola Preta, a jogar três rodelinhas de confete em cada cabrocha que passava. A atitude suspeita do veterano folião despertou a atenção do guarda civil, que ainda não tinha entrado em serviço. O Chico foi devidamente preso e metido num tintureiro. Como num samba de Noel de Medeiros Rosa: 'Passear no tintureiro é o seu esporte / Já nasceu com sorte e desde pirralho/ Vive às custas do baralho / Nunca viu trabalho'. Na delegacia, o nosso Chico não desvestiu do papel que vinha representando. Sabendo que ontem era véspera de hoje, isto é, que ontem

ou menos assim: "K. Veirinha brincava ali pela Glória quando surgiu uma garota infernal. Uma colombina com um vestido de bolas pretas. Do nada a pequena sumiu, escafedeu-se. E o pior, sem se identificar. K. Veirinha, auxiliado por um primo ou um tio, começou a buscá-la entre os foliões. Como explicação dizia: 'É uma colombina de bola preta'. E foi daí, concluiu Brício, que se tirou o nome Bola Preta para o nosso cordão".[VI]

Entretanto, outros relatos dão conta de que a moça com vestido de bolinhas pretas passou pela calçada do Bar Nacional, na Galeria Cruzeiro, em 31 de dezembro de 1918. Sentou na mesa, bebericou umas e comeu uns acepipes da maior responsabilidade completamente sozinha.[VII] O depoimento de Álvaro Gomes de Oliveira, o K. Veirinha, ao MIS-RJ, em 1970, relata outra versão: "Isso foi [da moça de bolas pretas] uma coisa idealizada pelo Jamanta [um dos fundadores do Bola Preta] para justificar a fundação do Cordão."[2] Mas o nome do bloco surgiu por outro motivo:

> Se originou em razão da condição a que eram submetidos os aspirantes ao serem propostos para o grupo, pois, sendo esse inteiramente fechado, não se admitia novo componente sem que houvesse unanimidade na aceitação. A votação era feita em escrutínio secreto, através de bolas pretas e brancas, bastando apenas uma bola

---

era sábado e hoje é domingo, deixou-se subornar pelo Rei do Pagode, aceitando cincos meirréis para funcionar como espião, x-9. O imperador da troça queria saber quais os puritanos que metem o pau no Carnaval e o Chico prontificou a lhe dar uma lista maior que a dos caciques do MDB do Funaro. Que fará a polícia com esse dedo duro? Só há um castigo: deixá-lo entregue a farra nos três dias gordos e na quarta-feira de cinzas, atirá-lo na Praia das Virtudes, onde deverá ficar até o ano de 1932".

2 Depoimento de Álvaro Gomes de Oliveira, MIS-RJ em 3 junho de 1970.

branca para impedir a entrada do novo elemento. Da exigência da unanimidade, surgiu o nome que perdura até hoje.[VIII]

MAIS CAROÇO NO ANGU

O próprio Chico Brício teria uma outra história pra tal bola preta. É que o grupo se reunia no Largo da Glória em um bar nos fundos de uma venda. Lá pelas tantas, aparecia uma roleta e uma francesa tocando piano e dançando. O bar era um ponto de encontro para finalizar a noite. Lá tinha uma bagatela, um milhar inclinado, cheio de pregos e com bolas brancas e pretas. Brício, campeão de remo, soltou uma nova definição para o nome do bloco: "A gente só jogava na bola preta [pagava dobrado]. O José Luiz Cordeiro, o Jamanta [funcionário da polícia], pegou um saco de aniagem e escreveu Cordão da Bola Preta e fez uma bola avermelhada".[3]

Reza a história oficial que o nome do cordão teve sua origem na moça de parar o comércio com seu vestido de bola preta. Todavia, como vimos nas linhas anteriores, ainda temos muito caroço embaixo desse angu. E estamos conversados.

---

[3] Depoimento de Chico Brício ao MIS-RJ em 6 de março de 1969.

Foliões do Cordão da Bola Preta na estação Leopoldina no Rio de Janeiro, sem data.

NO BAÚ ALVINEGRO, MISTÉRIOS COLORIDOS

MARIANA FILGUEIRAS

Mariana Filgueiras é jornalista, roteirista e pesquisadora da Universidade Federal Fluminense. Publica reportagens na *Folha de S. Paulo*, nas revistas *Piauí*, *Continente* e *Pessoa*, onde assina a coluna "Sobras Completas" sobre acervos culturais. É uma das autoras da coletânea de crônicas cariocas *O meu lugar* (Mórula Editorial) e prepara para 2019 a biografia do ator Marco Nanini (Companhia das Letras).

Ao folião Roberto Souza Leão, que só existe porque existe o Bola

Um dia o telefone tocou: quer dar uma olhada no acervo do Cordão da Bola Preta?

É mais ou menos como perguntar se uma criança quer entrar em uma máquina de fazer pipoca. É claro que eu queria dar uma olhada no acervo do Bola. Eu queria mesmo era morar dentro do Carnaval; afinal, a vida é isso que acontece entre um mês de fevereiro e o outro. Não sendo possível, passar uma tarde vendo as antigas fotografias da agremiação, lendo os convites de bailes à fantasia e desfolhando velhos estandartes já estava de bom tamanho.

Nascida no Carnaval de 1981 e renascida em todos os seguintes, às vezes morta pelo caminho, o Bola sempre foi a referência de partida do meu Carnaval (mesmo nas tantas vezes em que não fui). O "valendo" esperado desde o início do verão. O sábado muito cedo, e muito quente, a roupa preto e branca separada de véspera, a ansiedade do primeiro dia de folia quase a estragar tudo: eis o Bola Preta, o ponto mais distante do fim de qualquer Carnaval.

E agora uma chance de viajar por toda sua história.

Fui para Santa Teresa. As caixas estavam em cima de algumas

estantes, em um apartamento no topo de uma rua, no lugar mais alto em que poderiam estar, etéreas, como resguardadas dos perigos da cidade baixa. Era onde morava Heloísa Alves e onde também funcionava a Arco Produções, responsável pelo projeto de memória do Cordão da Bola Preta, que ela coordenava. A pesquisadora Elke Gibson, naquele dezembro de 2011, terminava de revisar o material para uma exposição sobre o Bola Preta a ser inaugurada no mês seguinte, motivo do telefonema a esta repórter de temas cariocas.

Naqueles mais de 90 carnavais metidos em pastas de polietileno azul estavam as primeiras fotografias dos fundadores, K. Veirinha, Chico Brício e Fala Baixo, os pais da criança que se não chora, não mama. Ora aparecem entre outros associados, posicionados como num time de futebol; ora fantasiados a rigor para os bailes de gala. Sempre com o caprichado estandarte ao centro, que se em 1919 equilibrava geometricamente o formato triangular da flâmula com a estampa das bolas pretas, numa bela peça modernista, em 1930 já ostentava no lugar a figura de uma mulher seminua, segurando... uma bola preta. O Carnaval ali era seriíssimo, dizia entrelinhas o acervo, até quando era fanfarrão.

Em meio às fotos, estava o estatuto que regulamentava a entrada de novos integrantes, chamados de "sacerdotes". O ofício original, amareladinho. Segundo o documento, só poderia se filiar quem fosse "bom de copo", talento que deveria ser testado com um "vasto regabofe"; quem fosse alegre; quem fosse maior de 21 anos; e quem provasse que trabalhava. O Bola não admitia "vagabundos". A maioria dos sócios era composta por comerciantes e remadores do Botafogo, daí o alvinegro da agremiação. Nos rituais de batismo, o "sacerdote" deveria entoar o seguinte *hymno*: "Hip, hip, hip, urra! Casca, casca, casca, dura! Sapo, sapo, sapo, pemba! *Bella, bella, bella,* vista! À saúde da... mulher! Foge! Se eu te agarro, se eu te pego, se eu te pilho! Vou-te à Bola Preta e te faço um filho!"

Passando no trote, o próximo passo era ganhar uma carteirinha. As que estão intactas no acervo, coisa de vinte carteirinhas, só resistiram pelo seguinte motivo: alguns foliões as deixavam direto no clube para evitar que as famílias soubessem do seu conluio com a boemia.

Impossível não se encantar pelo apuro do material gráfico da agremiação ao longo de sua história. Tudo era ricamente ilustrado, carteirinhas, informes corriqueiros publicados em jornais, brasões, croquis de fantasias, letras de marchinhas distribuídas ao público, convites personalizados dos bailes à fantasia. Esses eram hilários. Um deles trazia a seguinte mensagem cifrada ao lado da figura de um bufão pintado a bico de pena: "Então ficamos assim: uma colher das de sopa de duas em duas horas e não tem dieta, sentindo-se mal telefone-me: 2-9135. Scheriff: Fala Baixo. Secretário: Gengiva". O telefone era o da sede Cordão. E ali estava o segundo recado cochichado do acervo: o Carnaval do Bola cura qualquer moléstia.

Outra prova de esmero estava no "livro de ouro", as pequenas cadernetas onde se anotavam a arrecadação das mensalidades dos associados. Na década de 40, levavam nas capas belíssimos desenhos de ricas tintas e motivos carnavalescos, assinados por um artista do qual ninguém sabe muito mais do que o pseudônimo, Potoca. No baú alvinegro há um grande mistério colorido:

quem, afinal, era Potoca? Fica aqui o apelo, caso algum leitor queira elucidar a charada. Há uma pista: dentro dos mesmos livros de ouro, um certo "Palhares", às vezes, assinava Palhares/Potoca. No entanto, no dicionário, "potoca" é o mesmo que mentira, burla, embuste, fraude.

No meio do material, uma relíquia: um exemplar do *Correio da Manhã* de 25 de fevereiro de 1928 com a nota de falecimento de "Zé Pereira", que muitos pensam ser apenas uma gíria oriunda de alguma lenda de Carnaval. Pois Zé Pereira de fato existiu. José Pereira foi um errante daqueles que circulavam pela Cinelândia sem eira nem beira e que ganhavam uns trocados tocando bumbo nos blocos. Apesar de querido pelos foliões, morreu praticamente como indigente em pleno Carnaval.

> Pela madrugada de hoje, *victima* de uma *syncope* cardíaca, faleceu, em frente ao Theatro Municipal, o nosso estimado amigo Zé Pereira (...). O seu enterro será feito hoje, às 5 da tarde, às expensas da *policia*, saindo o féretro do *necroterio* para a *valla* comum. O Cordão da Bola Preta fará depositar uma coroa de flores *naturaes* sobre o *tumulo* do *extincto*, orando, nessa *occasião*, o sr. Jamanta, que dirá das suas virtudes cívicas e *moraes*.

Havia uma atenta preocupação com o registro daquela história. Se hoje em dia muitos blocos não fazem ideia de onde estão suas primeiras fotografias, suas atas de fundação (?) ou letras de marchinhas – pesquisadores do carnaval sofrem com essas caixas de sapato que nos oferecem com uns minguados recortes de jornal, as quais os foliões chamam de acervo –, o Bola Preta já etiquetava e legendava tudo no verso de cada fotografia. A lápis. Assim, sabemos que no Carnaval de 1961 foi o Cordão da Bola Preta o primeiro bloco de carnaval a dar também a mulheres o título de Rei Momo, adaptando para "Rainha Moma", ou que no carnaval de 1926 algumas músicas foram censuradas pela Polícia Militar de serem executadas nos desfiles, como "Mulata *sae* do portão" ou "Bahiana olha pra mim". A polícia proibiu até o uso do termo "fuzarca" nas canções, uma criação do bloco. É graças a esses documentos que se sabe que a agremiação teve mais problemas com a República Velha e o Estado Novo do que com a ditadura militar. Alguém comenta na sala do apartamento onde examinávamos as caixas: "Por baixo da fantasia do Exército, provavelmente eram todos sacerdotes...".

E do baú pululavam mais fotografias, com cada vez mais gente pululando o Carnaval. O de 1968 foi bastante registrado, quando o Bola comemorou 50 anos. À frente da banda, de saiote branco com bolas pretas, Anolino e Braguinha, conhecidos à época como os foliões mais antigos do bloco, puxavam o desfile numa alegria infernal, numa alegria infernal.

É quando olho as fotos com mais atenção. De repente, aquela memória coletiva vai se embaralhando com as lembranças pessoais, essa viagem no tempo que só uma boa velha caixa de papéis antigos é capaz de proporcionar. Foi exatamente naquele cortejo de 1978, contou-me certa vez um amigo, o Roberto Souza Leão, folião bola-pretense retinto, que ele começou a nascer. No encontro entre a colombina paraense Maria Dolores e o pierrô carioca Roberto, sua mãe e seu pai, provavelmente perdidos ali entre Anolinos, Braguinhas, Rainhas Momas, "sacerdotes" e Potocas, vá saber. "Se eu te agarro, se eu te pego, se eu te pilho! Vou-te à Bola Preta e te faço um filho", não era a sina?

E o filho estava feito.

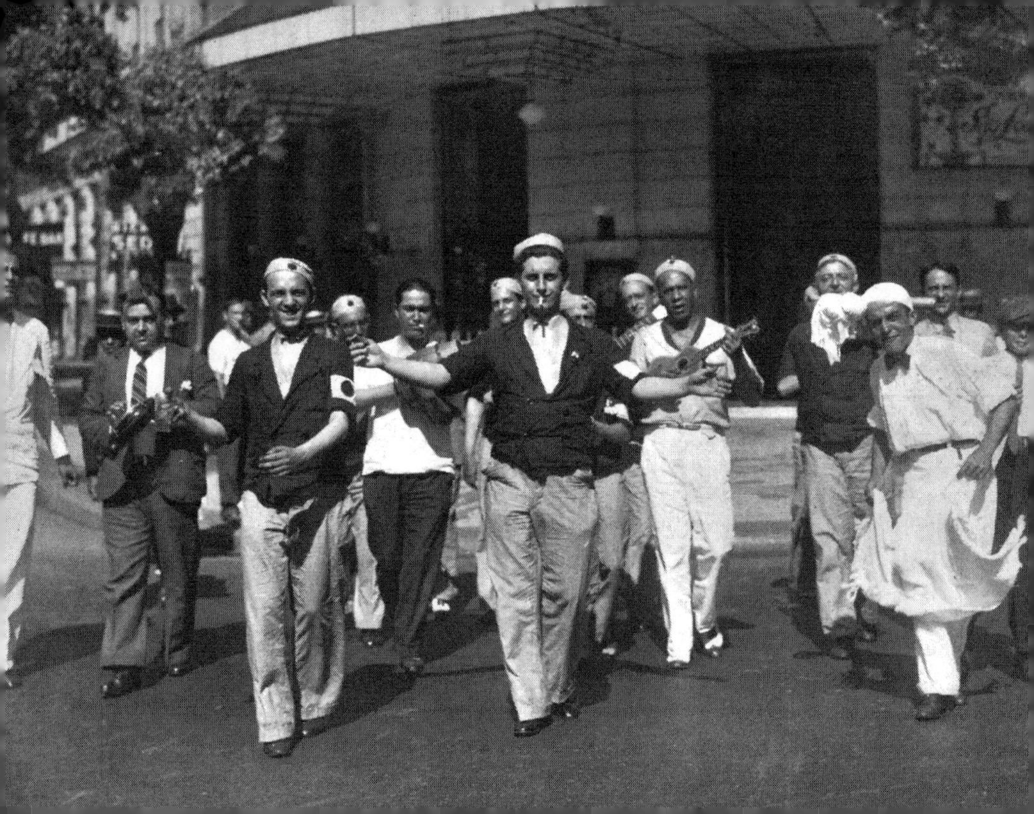

OS 18
DO FORTE

ANDRÉ DINIZ E
DIOGO CUNHA

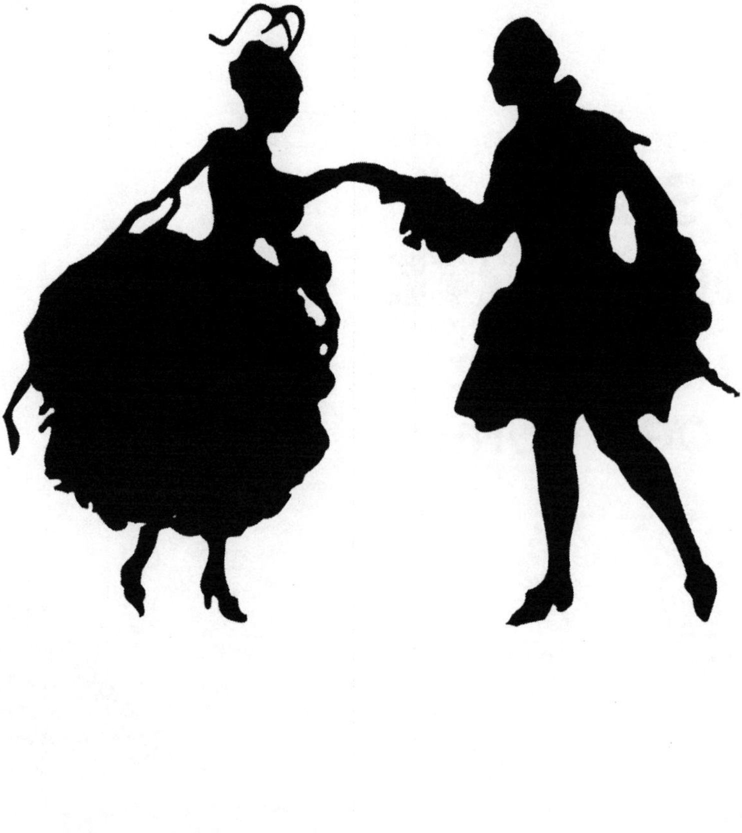

Em 5 de julho de 1922, uns rapazes fardados e mais um civil (somando 18 pessoas) marcharam pelo calçadão de Copacabana para enfrentar o governo. O episódio ficou conhecido como Dezoito do Forte. Movimento típico do tenentismo: idealista, heroico, desmedido e um pouco estúpido, também. Pois dessa atitude natatória apenas dois escaparam com vida: Siqueira Campos (que é nome de rua em Copacabana) e Eduardo Gomes.

("Marcha heroica aos 18 do Forte", possivelmente letra de Ernesto Nazareth.)

Imortais heróis do forte
Arautos desta vitória!...
Super-homens que na morte
Mais voz levantais na glória!

Nesta epopeia que grandiosa surgiu
Belos talentos que a pátria os uniu
Bem fortes em seus ideais
Com força enfrentando os seus rivais

Depois de tanta luta,
E luta sem igual
Por fim tombaram todos,
Triunfando este ideal

Na pátria fica bem escrito
O sacrifício dos heróis
Que eram dezoito os devotados
Brilhantes, firmes, belos sóis!

Agora temos que enobrecê-los
Seus belos feitos e missão
Mostrando ao mundo que os belos feitos
Abriram luz no caminho a esta nação

Puxando a brasa pra sua sardinha, K. Veirinha dir-se-ia que foi dele a ideia de fundar o Bola Preta. Reza a lenda que eram 18 os fundadores do Cordão. Em seu depoimento ao Museu da Imagem e do Som – RJ, o próprio K. Veirinha contabilizou 21 o número de fundadores. Chico Brício confirma os 21 e encabeça a lista dos fundadores do Bola Preta: Álvaro Gomes de Oliveira, o K. Verinha; Francisco Brício Filho, o Pequeno Polegar; Mirandela, Carlos D' Angelo, Arquimedes Guimarães, os três irmãos Oliveira Roxo: Jair, Joel e Jorge; Silvio Neto, Heitor Cordeiro, Julio Rocha, Paulo Macedo, Tomaz Macedo, Tomaz Faria, José Luiz Cordeiro, Celso Lima, Oswaldo Wanderley, Adalbarum Pinto, Paulo Quiroz, Raul Vasconcelos e Adalberto Brandão. (Segundo Chico Bricio em "Carnaval de ontem e de hoje".)[1]

---

[1] Na palavra de um velho folião carioca ao *Jornal Correio da Manhã*, 2 de setembro de 1956, página 5.

Todavia, ele relata ao MIS que os 18 eram uma brincadeira criada depois da fundação do Cordão da Bola Preta, com o objetivo de lembrar os 18 do Forte, visto que K. Veirinha era aparentado do Brigadeiro Eduardo Gomes.[2] Aliás, o Brigadeiro tinha um doce slogan quando foi candidato à presidência da República: "Vote no Brigadeiro, ele é bonito, ele é solteiro". Um fato curioso da campanha de Eduardo Gomes, segundo sabichões de plantão, é que ele conquistou um grupo de fãs organizando um regabofe para campanha. As moças e senhoras faziam quitutes e trocavam por donativos. Esses eventos se popularizaram pelo país, e as pessoas começaram a convidar os amigos para comer o "docinho do brigadeiro." O nome pegou.

Certamente, K. Veirinha não criou o bloco sozinho. Se eram 18 ou 21, não podemos afirmar com precisão histórica. Por via das dúvidas, trazemos aqui algumas pequenas biografias recolhidas, a muito custo, em centenas de jornais da época, de possíveis fundadores do Cordão da Bola. Salvo K. Veirinha, já devidamente abordado.

FALA BAIXO – Foi sócio de conceituada firma comercial. Costumava abandonar a "turma da esteira" (um dos grupos que existe dentro do Bola Preta), aos domingos, pela manhã, para tomar banhos de mar no porto de Maria Angu. Teve uma paixão violentíssima por 26 jovens do Catete.

BRAGUINHA – Carioca do ministério e do bairro da Saúde. Sócio 17 do Cordão da Bola Preta. No carnaval, se fantasiava de anjo com uma harpa na mão feita de tampa de vaso.

---

2 Depoimento de Chico Brício ao MIS-RJ em 6 de março de 1969.

CHICO BRÍCIO – O Pequeno Polegar da Bola Preta: Relatório 1.345.768. Série C. Nome: Chico Brício. Profissão: carnavalesco. Idade: madura. Tamanho: não tem. Estado Civil: não tem. Colega do bravo capitão Siqueira, da Brahma. Cavaleiro da legião da honra. Professor de equitação. Foi sócio comanditário de uma quitanda e de um café baiano na Praia das Virtudes. Detalhe importante: costuma banhar-se uma vez por ano nessa praia para redimir-se dos pecados cometidos todos os dias. Apuramos em fonte autorizada que Chico Brício foi uma noite ao forrobodó do Centro Dançante Recreativo e Beneficente Papoulas Cheirosas da Pavuna, a convite de um parceiro de copo, K. Veirinha. A festa esteve animada, uma grande quantidade de comestíveis e ainda maior de *bebestíveis*. Quando era hora de retirar-se, noite fechada e tão terrivelmente escura, Chico levou as mãos ao céu por lembrar de garantir-se com a lanterna, pela qual poderia orientar-se. E fez o percurso sem dificuldades mesmo tendo bebido três barris de chope até a medula. Na manhã seguinte (numa ressaca deletéria e delirante), Chico recebeu um bilhetinho do presidente do Centro Dançante Recreativo e Beneficente Papoulas Cheirosas da Pavuna:

> Meu estimado e incorrigível Chico Brício:
> Tenho a satisfação de enviar-te a lanterna que esquecesses aqui, quando saíste embandeirado em arco, e peço-te, encarecidamente, que me devolva pelo portador a minha gaiola com o meu louro. – Abraça-te, Quinquim Sestroso da Anunciação

GENGIVA – Foi secretário do cordão e também colega do capitão Siqueira, pois a barriga dele não nega. Chefe único da "Turma da

Esteira". Era muito gordo e usurário, trazia o dinheiro nos bolsos da calça, que eram bem fundos, como os de palhaço de circo.

CARAMUJO – Empregou sua atividade numa companhia de lança-perfume. Foi protetor perpétuo e absoluto da velhice desamparada e grande apreciador de senhoras sem fachada ou de janela aberta.

POTYGUARA – Foi comandante e chefe do exército rodoviário Rio-São Paulo-Santos, com o Expresso Bola Preta na frente e campeão absoluto de valsas estilizadas. Perfeito *gentlemen* pelo trato e cavalheirismo.

VENENO – Foi colega do capitão Siqueira e representante de uma companhia de Mate Espumante no interior.

ARATUM – Grande hipólogo. Era chamado de o menino de ouro do cordão. Não jogava, não fumava. Só tomava leite Nevada. Desconheceu de forma impressionante o art. 303: nunca brigou na vida.

TIÃO – Foi sócio da Firma Rocha Biscoito & Cia. Rapazinho querido das Margaridas. Chegou a pagar pesada multa pela instalação, sem licença, de um chafariz de dois esguichos no Largo da Glória, em frente ao Café Benjamim. Choramingou uma semana inteira pelo alto preço cobrado quando o adquiriu na casa Assyrio, por intermédio de duas senhoras lusitanas de alto bordo.

VASELINA – Ornamentava com muita elegância e sobriedade o palácio para os dias de grande festa. Tinha pensamentos sublimes quando o sinal vinha avançando. Dizia sempre para o primeiro que encontrava: "São fases que os homens atravessam na vida, meu amigo".

ZEZÉ BULCÃO – Evaporava-se durante dez meses do ano. Administrava uma companhia de lança-perfume, talvez fosse esse o motivo de só aparecer quando o cordão mudava de sede, de 31 de dezembro até a quarta-feira de cinzas.

TOINHO – Inimigo do fogo. Fez seguros de varejistas. Foi aclamado xerifezinho do Cordão do Está Certo, fundado em oposição ao Cordão do Está Errado.

DR. LEITERIA – Usava monóculo e polainas até nos banhos de mar, na areia. Era um conquistador terrível, chamado de Casanova de Madureira e de Adolphe Menjou da Zona da Leopoldina.

PATO REBOLÃO – Não tolerava mais as senhoras lusas. Dia sim, dia não, cantava os tangos "Te Quiero" e "No te quiero mais" em dueto com célebre cantora da época.

GIGOLÔ DE PORTUGUÊS – Não saía do Mercado Municipal até altas horas da noite. Foi comandante e chefe do Cordão do Está Errado.

ROMPE FERRO – Vivia na Alfândega e nos Laranjais de Campo Grande.

JOSÉ CORDEIRO (JAMANTA) – Foi carapicú da velha guarda da Guarda Nacional e também da Guarda Velha, onde iniciou a sua vida boêmia. Foi juiz de luta romana, verificando a lisura dos golpes.

MOTTA – Como seu patrício Cabral, aportou, gostou e ficou pelo Brasil. Tornou-se um elemento precioso do Cordão da Bola Preta. Autor de célebre frase: "Curdão e da vola preta, quando enfeza, mau, não arrucua". O poeta-anfíbio de aquém e de além-mar alcançou êxito insofismável em fados na guitarra.

MARQUÊS OU VISCONDE DE BICOYBA, ou por extenso – Horácio Dantas, parceiro de Caninha no samba "É Batucada":

> *Samba de morro, não é samba*
> *É batucada, é batucada...*

Foi membro ilustre da Casa Real da Rainha Moma. Fazia coisas do arco da velha no carnaval. Uma vez se fez de morto. Seu caixão atravessou as ruas de nossa urbe maravilhosa. Bicoyba saiu em um caixão da Bitencourt da Silva, mortinho da silva. O cortejo fúnebre foi até o bar Nacional na Galeria Cruzeiro. Lá, o morto tomou um banho de cerveja e ressuscitou, cheio de energia juvenil.

Para sobrevoar o Bola, carro alegórico foguete-alado – puxado por burros – do Cordão da Bola Preta. Sem data.

SOBREVOANDO O BOLA

HELOISA SEIXAS

Heloisa Seixas é autora de mais de vinte livros, incluindo romances, contos, crônicas e infanto-juvenis, além de peças de teatro. Foi quatro vezes finalista do prêmio Jabuti, com os livros *Pente de Vênus*, *A porta*, *Pérolas absolutas* e *O oitavo selo*. Foi também finalista do Prêmio São Paulo de Literatura, com os romances *O oitavo selo* e *Agora e na hora*. Heloisa é ainda autora do livro *O lugar escuro*, sobre a doença de Alzheimer.

O começo é assim mesmo. Parece um filme de terror. Mas não se assustem, depois melhora. Vamos começar pelo instante em que eu olhei para cima. Foi como aconteceu. Lembro de fixar os olhos no céu azul, sem nuvens. Talvez houvesse um urubu voando por ali – mas admito que isso possa ser imaginação minha, imaginação pregressa, surgida dentro da memória, a memória imaginada. Mas o resto não. O resto aconteceu. O azul, por exemplo, era muito real. Muito, muito. Respirei fundo. Senti a nuca estalando, mas não quis baixar a cabeça. Só um pouco mais, mais um pouquinho, preciso desse ar, pensei. Baixar a cabeça significava voltar ao ar morno, opressivo, que eu respirava antes. Com o nariz virado para o alto, a sensação era melhor. Podia sentir o ar mais puro entrando pelas narinas, raspando as paredes internas, refrescando tudo por dentro. Aliviando. Assim, muito bom. Assim. Perfeito. Tão bom que... não é possível. Será? Será que... Pode ser um delírio, o Carnaval tem dessas coisas. Fechei os olhos, apertei-os bem, para apurar os outros sentidos. Sem o azul do céu, o ar que me entrava pelas narinas parecia ainda mais agudo, mais limpo. Os ouvidos me transmitiam o mesmo alarido imenso, tanto fazia estar de olhos fechados ou abertos. Mas com o tato era diferente: a sensação do tato me passou uma informação misteriosa, impossível – que, de olhos fechados, de repente se tornou real. Era verdade, então. Não havia dúvida. Meus pés já não tocavam o chão. Eu estava sendo levada, quem sabe elevada aos céus, numa ascensão ritualística e bela, um êxtase digno de Santa Teresa na Igreja de Santa Maria della Vittoria, em Roma, aquela coisa linda de Bernini. Heresia! Abri os olhos num segundo, arrependida. Mas a sensação estava lá, a cada momento mais real, irrefutável. Não havia como negar. Eu levitava. A multidão me erguera. E então relaxei. Abri um sorriso. Baixei o rosto e já não me importei com o ar morno. Ele agora era bem-vindo. Agora, nada mais me importava. Se eu morresse ali, ia morrer feliz. Os foliões me transportavam. Nos braços do povo, eu sobrevoava o Bola Preta.

A verdade é que cometemos um erro de cálculo. Que ano foi isso? Não sei. Os anos 2000 ainda estavam em sua primeira década e já tínhamos passado por uma ou outra experiência que nos trouxera alento, fazendo nascer o sonho de que o Carnaval de rua pudesse voltar com força total. Mas ainda não ousávamos acreditar. Um ou dois carnavais antes, tínhamos tido um sinal: acordamos com uma cantoria, um batuque. Fomos à janela do nosso apartamento do Leblon – o Leblon, que Ruy nessa época chamava de túmulo do samba – e vimos um bloco desfilando em nossa rua. Embaixo da nossa janela! Ficamos tão felizes que, para saudar os foliões, penduramos bandeiras dos nossos times no peitoril e ficamos lá, batendo palmas, tentando espiar o Carnaval por entre as folhas das amendoeiras. Mas foi só.

Claro que havia muito Carnaval pelas ruas do Centro e da Zona Norte, com bate-bolas e tudo mais, mas na Zona Sul apenas aqueles poucos blocos e bandas tradicionais faziam a festa nas ruas. Essa situação foi que nos enganou. Lição número 1: não se pode nunca subestimar o Cordão da Bola Preta.

Assim, quando Moacyr Luz nos chamou para ir bem cedo encontrá-lo naquele barzinho da rua Álvaro Alvim, no sábado do desfile do Bola, achamos o horário marcado um exagero. Não, bobagem, esse pessoal é maluco, vira a noite e vai direto. Para que tão cedo? Vamos um pouco mais tarde, sem problema. E fomos.

Chegar de táxi aos arredores do Passeio Público já foi um exercício de paciência. Acabamos saltando na altura do Automóvel Clube e seguindo a pé mesmo. Mas, quando tentamos entrar pela Álvaro Alvim, vimos que isso já era impossível: a multidão ali era um corpo compacto, inquieto, ululante, um organismo vivo que se movia e dançava, sacudindo seu corpo sensual com meneios febris, sarapintado de preto e branco e de todas as cores mais. Entre assustados e felizes, recuamos. E foi quando cometemos nosso segundo erro: dar a volta no Odeon para tentar alcançar a praça. Ali, com mais largura, na certa haveria espaço, pensamos. Nossa intenção era atravessar a Cinelândia e ir assistir ao desfile encarapitados na escadaria do Theatro Municipal. Ilusão.

Não sei ao certo quando percebemos o engano, mas então já era tarde. Não havia mais volta. O tal organismo vivo nos engoliu, nos sugou como uma planta carnívora, seus tentáculos nos envolveram e, por milagre, ainda conseguimos – não sei como – continuar juntos, os dois, embora sem qualquer controle sobre a direção dos nossos passos. A multidão era a grande senhora, ela fazia as escolhas, tomava todas as decisões. Seu serpentear inebriante nos foi levando, ao som das marchinhas, como se mergulhássemos num sonho de antigamente, a visão borrada me fazendo enxergar em torno os mais puros pierrôs, os diabos vermelhos, as colombinas de pompons, os bebês de tarlatana rosa. Estavam todos lá, surgidos do passado, seus fantasmas felizes se esbaldando em frenesi, e nós lá no meio, sem leme e sem vontade, sendo levados, levados, levados.

Foi só muito depois, nesse torpor em que não percebíamos mais as fronteiras de tempo e espaço, só então, em meio ao acelerar dos alaridos e das cantorias, é que, num hausto, senti o ar me faltar. Esse foi o instante em que olhei o céu. Aquele azul lá em cima me fez despertar. E, pela primeira vez, senti uma pontada de medo. Mas a opressão no peito não durou mais que uns segundos, e desapareceu de todo no instante seguinte – quando descobri que voava. Voando, fui. Fomos. Voando e cantando e sorrindo no coração do Bola. E mal percebi quando a multidão ondulou com mais força, rolou para baixo como uma onda estourando na arrebentação. Fomos com ela, quase como espuma, e só quando meus pés voltaram a tocar no chão foi que entendi o que se passava. Levada por aquele corpo de gente, eu estava agora, sem querer e sem saber como, descendo os degraus da estação do metrô.

Ofegantes, nos entreolhamos, rindo muito. Estávamos suados, desfeitos, felizes. Saciados. Não era para menos. Tínhamos acabado de fazer amor com meio milhão de pessoas.

NOSSO BLOCO TÁ NA RUA

ANDRÉ DINIZ E DIOGO CUNHA

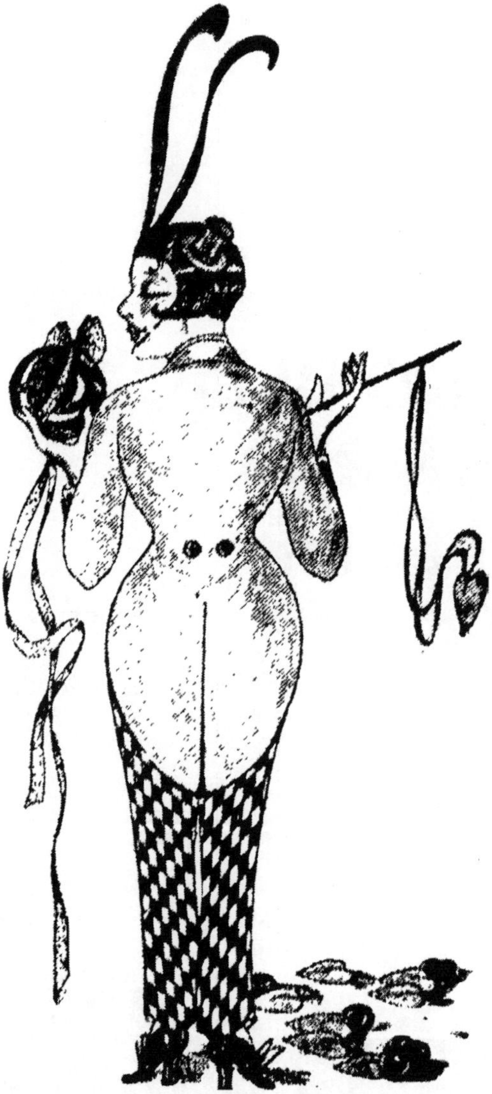

Em 1930, os cavalos amarrados no obelisco da Avenida Rio Branco, no Centro do Rio, sinalizavam que o golpe triunfara. Logo o presidente Washington Luís estaria destituído. "O barbado foi-se", marchinha embolada de G. Ladeira e Doutor Boato (pseudônimos criados por Lamartine Babo), enfatizava a deposição do presidente Washington Luís:

> *A Paraíba,*
> *Terra santa, terra boa,*
> *Finalmente está vingada,*
> *Salve o grande João Pessoa.*
> *Doutor Barbado*
> *Foi-se embora,*
> *Deu o fora,*
> *Não volta mais!*

Getúlio Vargas chegaria de trem à capital federal e debutaria no poder. No mesmo ano, os foliões do Cordão da Bola Preta, num desfile alado e plástico, passaram pela mesma Av. Rio Branco. Eles abriram cedo os trabalhos, no sábado, 4 de janeiro, com uma bela passeata precedida pelo choro da República dos

Trouxas. Visitaram as grandes sociedades carnavalescas tendo à frente o trio elétrico bolapretista: Álvaro, Sayão e Lacerda com seu inseparável cachimbo.[IX]

O Martorelli, um dos foliões, entrou de sola:

— Seu Vagalume, nem queira saber! A Bola esse ano alcançará o seu maior sucesso. A rapaziada está firme e bem-disposta. Vai haver o diabo. Só fazendo como São Thomé – ver pra crer!

O Torres adentrou mais:

— O Raul Castro deu tudo que tinha de belo e artístico, fazendo coisas do arco da velha. O resto você saberá depois.[X]

SE ESSA RUA FOSSE MINHA?

Pelo início retumbante, o forrobodó momesco de 1930 prometia. Por isso é, no mínimo, curiosa a entrevista do secretário do Cordão da Bola Preta, que carregava o sonoro apelido de Veneno, ao *Diário da Noite*, de 10 de fevereiro de 1930: "Estamos diante", começou dizendo Veneno:

> de um produto legítimo da imaginação do jornalista que se encarregou de divulgar a notícia sem antes consultar as fontes. O cronista que faz tão absurda afirmação está certamente argumentando com hipóteses que jamais se aproximarão da realidade. A Bola Preta, para se conservar dentro da tradição que procuramos manter dos nítidos cordões carnavalescos, jamais poderá pôr préstito na rua. O nosso carnaval será feito internamente, como acontece todos os anos. [XI]

NOSSO BLOCO TÁ NA RUA!

Pois bem, três anos depois da palestra de Veneno, isso em 1933, a coisa mudou de figura. O Cordão da Bola Preta resolveu fazer Carnaval externo. É isso mesmo! O Cordão da Bola Preta, ante o chove não molha dos grandes clubes, em sua última reunião, resolveu organizar um formidável préstito "quebrando a sua praxe de 14 anos de existência".[XII]

O primeiro fuzuê carnavalesco do Cordão da Bola Preta contou com nada mais nada menos que dez carros. O encarregado dos trabalhos no barracão foi Já Te Dou-te, carnavalesco conhecedor do *métier* carioca. E tudo isso sem nenhum caraminguá de auxílio oficial. A grana correu na base do livro de ouro.

A comissão de frente parte da "Turma da Esteira", montada, segundo consta, a caráter, nas queridas esteiras bem enroladinhas. Como não podia deixar de ser, precedida de formidável banda de clarins, clarões e clarinetas. Refizemos aqui a narrativa do desfile inaugural do Bola, escrita pelo jornal da época.

No 1º carro: Os Macaquinhos. O mandachuva dos Bolas, o formidável K. Veirinha, cercado de macaquinhos engaiolados no sótão para evitar a sua dissecação, abriu o deslumbrante préstito com dezenove costelas de Caveirinha que eram distribuídas pelos insaciáveis macaquinhos. Carrinhos de mão tirados de H. P. conduziam as famílias dos sócios.

2º Carro: Crítica. O Frade da Brahma, montado como veio ao mundo no barril, bancando o Don Quixote de La Mancha, de lança em riste, procurava fisgar "Pato Manco", colega de Tiradentes. E só não o fez, disse ele, para evitar que os seus semelhantes não ficassem só com gengivas e viessem mais tarde a sofrer de dor de dente, dor que nunca experimentou.

No buraco entre o segundo e o terceiro carro, o Bloco dos Sujos, com todo pessoal da Ilha da Sapucaia e adjacências, comandava o furdunço.

3º Carro: O poder – Fala Baixo. O conhecido morador da Praça da Bandeira, fardado de Luis XV, cabelos pintados de negro como as asas da graúna, montado num fogoso Peru de roda, com uma guarda de honra seletiva de 26 homens do Catete montados em pavões brancos, dava muitos vivas à Pomba, em homenagem a Oliveira Salazar por ter nascido lá. Entre uma coisa e outra, saltava o Cordão da Argola Roxa para evitar que houvesse colisão entre os dois carros, o da frente e o que vinha atrás em continuação.

4º Carro: Crítica – Lampião. Relembrava as façanhas do terrível conquistador da Praia das Virtudes, que incendiou uma quitanda e um café baiano. Lampião, para despistar, desfilou fardado de capitão, farda essa que usou na tomada de Itararé em 1880, em que portou uma espingarda de aro retorcido sobre si mesmo. Um estouro, não é mesmo? Em seguida, apareceu a tradicional República dos Trouxas, fazendo a separação completa dos carros para evitar uma trombada pela retaguarda.

5º Carro: Alegoria – Jardins suspensos da Babilônia. Um jardim aéreo com escadas enfeitadas de bambus, estilo Festa da Penha, furtados de xaveco lá na Quinta da Boa Vista, que tinha a cuidá--lo um senhor todo Vaselina exclamando que a arte floral não é para qualquer um. Novamente, seguiam-se alguns carrinhos de mão conduzidos por senhoras de respeito, pertencentes às famílias dos sócios, segurando fogos de bengala para não desmanchar o enredo.

6º Carro: Crítica – Um caramujo. Um caramujo muito grande, porém muito magrinho, fantasiado de polvo para causar efeito, procurava introduzir os seus tentáculos nas narinas do autor de Rainha do Céu. O motivo dessa complicação era assaz conhecido no Rio de Janeiro e em Niterói. Era a hora de desafiar a Escola da Bola, com as normalistas de canela de fora, pastas etc. Uma professora muito gorda na frente ensinava como é que se brinca no carnaval.

7º Carro: Alegoria – Apoteose aos Bolinhas. Uma bolinha toda branca, sentada num trono, voava de vez em quando, soprada, cantada ou coisa que valha pela sua reduzida, mas luzidia corte que às vezes tentava furá-la, o que não conseguia porque ela voava em sentido contrário. Essa alegoria era de grande efeito cênico. De vez em quando uma tragédia se esboçava, outra vez um *vaudeville*, e muitas vezes acabava em comédia.

Não poderiam deixar de entrar os queridos Anjinhos Gigantes, lascados, em companhia do Visconde de Bicoyba.

8º Carro: Crítica – Beba mais leite. Formidável vaca leiteira amamentava um menino de monóculo e polainas multicores. Lembravam Rômulo e Remo mamando na loba para depois conquistar Roma. O menino conquistava as vacas alheias dos currais vizinhos para fazer mais tarde o truste do leite.

Davam guarda de honra ao carro crítica, o Cordão dos Cansados, que de cansados só tinham o nome, pois era composto de "usados", havia diferença entre usados, cansados e seminovos.

9º Carro: Alegoria – As Margaridas. Grandes margaridas multicores giravam em torno de dois personagens. Um era um mineiro velho sem botas; outro, o conhecido Salta P. T. Dois chafarizes possantes esguichavam sobre as margaridas um perfume desconhecido, tipo Veuve Clicquot ou Pommery, para aromatizá-las. Carrinhos de mão embandeirados em arco conduziam algumas pessoas que aderiam.

10º Carro: Crítica – Miscelânea – Luta de boxe familiar. O grande lutador Está Certo enfrentou o peso leve Está Errado. E fica nisso e não sai disso, isto é, abraçaram-se no fim e ninguém apanhou. Num xadrez tínhamos um cativo guardado por duas damas de certa idade. O cativo chorava por terem-no chamado de cafiaspirina, quem o chamou foi um grande peixe Aratum, também injustamente prisioneiro num xadrez.

Fechava o préstito o resto da Turma da Esteira, com o choro do maestro Salvador Corrêa e o Mestre Ferrador agradecendo a ovação feita pelo povo. O desfile foi pelo seguinte trajeto (que dependia de aprovação policial): Porto de Maria Angu – Morro do Querosene, passava pelo Pendura a Saia, por Niterói, Copacabana, Bangu, Ilha do Governador, Praça da Bandeira (visitava a casa dos Fala Baixo), Paquetá (imediações), Pão de Açúcar, Corcovado e morros adjacentes, Engenho de Dentro e Cascadura.

Na volta: Leblon, Meriti, Vigário Geral, Nova Iguaçu, Gamboa, Santo Cristo, Realengo...[XIII]

DOIS NO BOLA
MOACYR LUZ

Moacyr Luz é compositor, intérprete e escritor. Autor de obras-primas do samba carioca, como "Saudade da Guanabara", com Aldir Blanc e Paulo César Pinheiro, é autor de deliciosas crônicas sobre o Rio de Janeiro. Criador e líder do Samba do Trabalhador, movimento de resistência cultural que está consolidado na geografia musical do país, Moacyr viu seu samba enredo "Meu Deus, meu Deus, está extinta a escravidão?" fazer história no carnaval de 2018, emocionando a avenida e levando a G.R.E.S. Paraíso do Tuiuti a um inédito segundo lugar no desfile das escolas de samba.

Eu havia marcado com o Ruy Castro às sete da manhã na esquina da rua da Carioca, que ele ainda trata de rua do Piolho, para subir a contramão da Avenida Rio Branco no sentido Cordão da Bola Preta. Era sábado de carnaval e o Rio estava trocando a batalha das balas perdidas para as de confetes. Subir a avenida *às avessas*, era o início da tradição do entrudo. Na verdade, nossa folia cortou a faixa no desfile parado que o Rancho Flor do Sereno comemora na calçada do Bar Bip Bip. O minúsculo lugar se contrapõe a uma orquestra com 50 músicos criando vozes a Ameno Resedá, obra-prima do maestro Ernesto Nazareth. Ainda é sexta-feira. O baile-rua mexe com a emoção. O som do trombone aproveita o vento que sopra ao fundo do oceano Atlântico e sola uma espumada onda de recordação. De excêntrico, apenas um vidro de delicada espessura, esguichando um inocente aroma de festa e ironia, muito diferente desses *sprays* cuspindo micro bolinhas que parecem isopores presos no gelo das nossas caipirinhas praianas. Mas as reminiscências não cabem nesse parágrafo.

Os blocos não param de crescer. São ruas renomeadas de sapucaís, garis de mestres-sala e *loiras* da Augusto Severo protegendo a bandeira de cada agremiação. Ruy me lembra que a rua do Peixe deságua na Praça XV e faz-se necessário descobrir o horário da saída do Boitatá no domingo. Peço pra não esquecer do Cacique de Ramos no desfile amistoso que alterna solitários foliões na mesma Rio Branco, trecho entre a Presidente Vargas e a Ouvidor. Dá uma ânsia de onipresença. Só no Centro é preciso prestigiar o Berro da Viúva na Gomes Freire, um baile à fantasia no cercadinho do Bar Luiz e ainda ter fôlego pra subir a rua da Passagem e entrar na curva do Barba's do imortal Nelsinho Rodrigues. Todo esse recuo e apoteose está apenas na cabeça. O relógio está longe de marcar as dez horas quando, no alto do carro de som, o trompete grita *Quem não chora, não mama*, carregando um *tsunami* de cariocas no epicentro do Teatro Municipal. Traçantes serpentinas cruzam o céu do Rio de Janeiro. É carnaval!

Com muito orgulho identifico à distância meus amigos da zona norte acampados nas escadas da Biblioteca Nacional. Ruy aponta: "Ela foi fundada com o nome de Biblioteca Real".

Os amigos têm camisas produzidas sobre a estampa da bola preta. Chegaram na madrugada com duas panelas de mocotó e angu à baiana. A festa da cidade tem garçons peculiares. Vendem a preços abaixo de custo doses de uísque e energéticos no mesmo copo. De plástico. Cantamos gritos de torcida quando o tema era o do nosso clube e não demos conta de que nossos bolsos estavam arreganhados com carteira e a verba pros quatro dias de esbórnia.

Parei no Café Gaúcho pra conferir os reais. Sobrava dinheiro para entrar quaresma adentro. Essa pausa funciona pro suor abrandar a testa.

O que faz um sujeito anônimo vestir um abafado bate-bolas, que eu chamo de Clóvis, descer do trem batendo a bexiga na estação, passar pelos carros alegóricos do terceiro grupo, cortar a Avenida Passos respirando ofegante no minúsculo ilhós da máscara de náilon só pra manter vivo o carnaval?

Faço as contas com meu *Damião* Ruy Castro. Nas últimas vinte e quatro horas, *botaram* o bloco na rua um dicionário de nomes: Unidos do Castelo, ali mesmo; Acadêmicos dos Arcos, o Maracangalha, na gafieira Elite e até o Baile do Diabo, depois da Praça da Bandeira. Os jovens aguardam o Monobloco e nós, mais gordos, prestamos nossa homenagem no Clube do Samba.

Reforço a sensação de que o Rio de Janeiro continua lindo. Nas nossas maravilhas, além do Cristo e das montanhas que já foram África, as pessoas desse condado que a partir do sábado, quarenta dias antes de outro sábado, o de aleluia, viram foliões. É hora de buscar no armário o pierrô guardado, o pirata, o índio de penas pintadinhas de vermelho, usando cada peça colorida como blindagem em nossos corações. Tenho certeza que na inspiração de Zé Catimba escrevendo "Vamos renascer das cinzas", os versos acordavam não apenas uma escola de samba. A imagem *Fênix* estava esculpida com as feições da Baía da Guanabara.

Ruy escancara o riso quando o Rei Momo grita seu nome. Eu dobro o corpo no balcão do Casual e choro de esperanças: "...*Esse ano não vai ser igual aquele que passou*...".

Dois bolapretistas de coração sentados numa viatura e tomando fôlego pra pular o carnaval.

QUEM NÃO CHORA, NÃO MAMA

ANDRÉ DINIZ E
DIOGO CUNHA

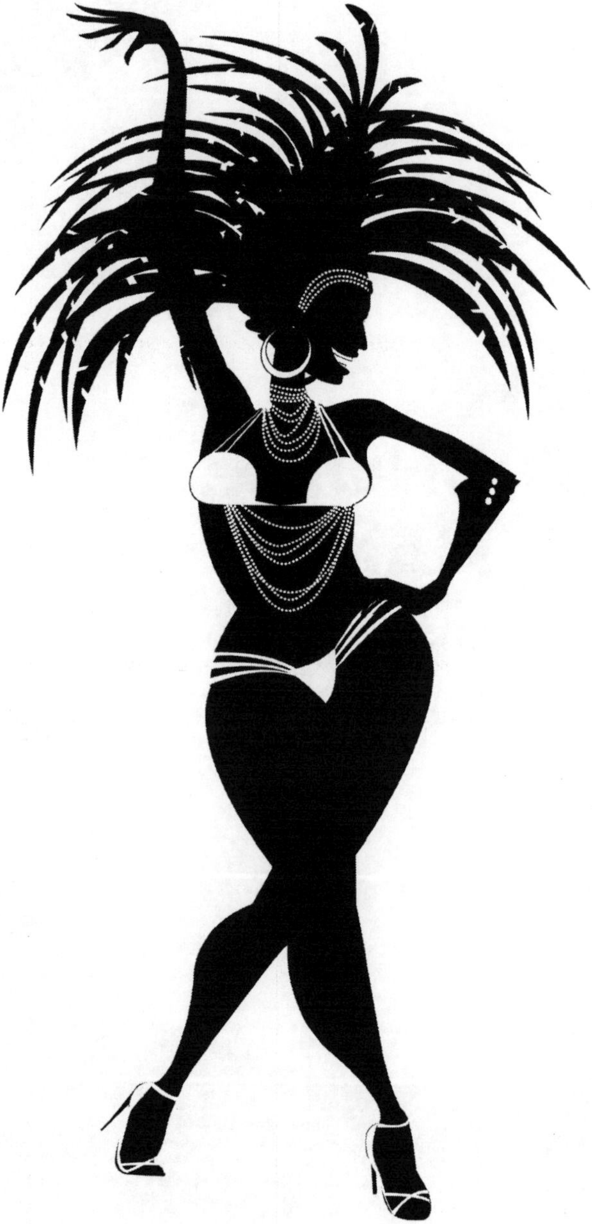

Em 1935, a prefeitura do Rio de Janeiro determinou que as escolas de samba deveriam se registrar como grêmios recreativos na Delegacia de Costumes. O mandachuva da chefatura era o delegado dr. Dulcídio Gonçalves. Ele achou inapropriado o nome da escola Vai Como Pode. Perguntou, então, qual era o CEP da agremiação. Quando descobriu que a sede era na Estrada do Portela, ergueu a fronte, pigarreou um pouco e sugeriu o nome: Grêmio Recreativo Escola de Samba Portela. E não é que o nome pegou!

Quatro anos depois, Dulcídio Gonçalves, à época 2º delegado auxiliar, passou as primeiras horas da tarde de sete de janeiro de 1939 em conferência com o capitão e chefe de polícia política de Getúlio Vargas, o dobermann Filinto Muller. O capitão encheu o crânio de fumaça, bateu na mesa e proibiu a realização de bailes por 72 horas no Cordão da Bola Preta. O motivo? As brigas ocorridas na última festa de São Silvestre no Cordão da Bola Preta.[XIV] O capitão também determinou que, em caso de reincidência, a licença da agremiação recreativa seria cassada.[XV]

Sem cabeça pra mais nada, o diplomata do Bola Preta, que passou pra história como Bacalhau, soltou a bomba: "quarta-feira resolveremos em definitivo a situação do Cordão. Por mim daríamos as festas do próximo sábado e domingo, encerrando, na segunda, as nossas atividades."[XVI] Porém, a ideia fixa de Bacalhau "de encerar as atividades" não fez a cabeça de ninguém, naufragou. Em dois ou três dias, o Bola estava com uma licença novinha em folha. Pronto para o Carnaval.

CORDÃO OU SOCIEDADE

Afinal, que perfil de agremiação é o Cordão da Bola Preta? Em 1932-1933, o Cordão queria virar a casaca e se converter em sociedade: "o carnaval vem aí e a galera *endemoninhada* do Cordão da Bola já está se enfezando para soltar o bode. Martorelli, o interventor-mor, já está preparando a propaganda do movimento foliônico. Os bailes de ano serão nos vastos salões do dancing Bueno Machado, à rua 13 de Maio. O baile de estreia está marcado para o dia 31, seguindo-se uma festa mastigolândia-dançante no dia 1º do ano de 1933. Dizem os 'corujas' do mundo foliônico que o pessoal da Bola Preta está cavando um jeito para transformar o grupo em grande sociedade, concorrendo com as cinco." [XVII]

NUNCA FOI CORDÃO?

Entretanto, o estatuto do Bola Preta, aprovado em 1º de fevereiro de 1926, é claríssimo no capítulo 1º:

> Cordão da Bola Preta, fundado em 31 de dezembro de 1918, com sede atualmente à rua da Glória nº 88, é sociedade recreativa e tem por objetivo único a tradição dos antigos cordões, primeiros e inesquecíveis agrupamentos típicos do carnaval carioca (...) Por isso mesmo cuida em

manter a tradição dos primeiros agrupamentos típicos do carnaval carioca, esta agremiação tem o caraterístico título de cordão – título que jamais poderá ser alterado, seja de que natureza for, implicando na dissolução da Bola Preta.

CORDÃO

Perceberam as letrinhas diretas: "Sociedade recreativa e que tem por objetivo único a tradição dos antigos cordões", "título que jamais poderá ser alterado". Façamos uma pequena regressão para que entendam melhor o perfil dos cordões. Em 1º de março de 1903, o jornal *Gazeta de Notícias* publicou uma crônica de João do Rio, sobre quando ele bateu de frente com um cordão na rua do Ouvidor:

> Não se podia andar. A multidão apertava-se, sufocada. Havia sujeitos congestos, forçando a passagem com os cotovelos, mulheres afogueadas, crianças a gritar, tipos que berravam pilhéria. A atmosfera pesava como chumbo. (...) Serpentinas riscavam o ar; homens passavam empapados d'água, cheios de confetti; mulheres de chapéu de papel curvavam as nucas à etila dos lança-perfumes, frases rugiam cabeludas, entre gargalhadas, risos, berros, uivos, guinchos. Um cheiro estranho, misto de perfume barato, fartum, poeira, álcool, aquecia ainda mais o baixo instinto de promiscuidade. O cordão vinha assustador.

O Cordão da Bola Preta, pelo que consta, nunca "vinha assustador" pelas ruas. Mas também não era uma Sociedade que desfilava de forma plástica, diria até alada, com carros alegóricos. Cá pra nós, ficamos na seguinte encrenca: se na geopolítica do Caribe, o Panamá é um canal que por acaso teve um país, então

O Cordão da Bola Preta é um bloco que por acaso tem um clube. Em tempo: o nome Cordão, na definição do professor Felipe Ferreira, "Parece ser uma referência à corda que normalmente circundava o grupo carnavalesco, impedindo sua invasão por pessoas não pertencentes a ele e isolando os foliões, ou uma alusão ao desfile de filas como nos cordões de pastorinhas".[1]

BLOCO DOS SUJOS (SÓ POR FORA)

Como qualquer agremiação da maior responsabilidade, o Cordão da Bola Preta tem vários blocos e grupos em seu metiê: Bloco dos Sujos (só por fora), Esquina do Pecado, Grupo da Korea (não tinham mesa e bebiam em pé no balcão), Os Mendigos, Cordão dos Bolinhas, Cordão dos Casados, República dos Trouxas, Bloco da Chupeta etc. etc.

Em 1935, o Bloco da Chupeta foi encabeçado por frequentadores do Bola Preta e fez o baile inaugural no Palácio da rua 13 de Maio, 41.

> As danças animadas pela festança Jazz Broadway, sob a direção de Carlos Brício, desdobram-se numa atmosfera de grande entusiasmo e alegria justificada. O batismo do novíssimo bloco, o padrinho Fala Baixo com a presença da Rainha Moma, que chegará no dia anterior, às 21 horas de Niterói. K. Veirinha, o chefe do Cordão da Bola Preta, comandou o pessoal que estava na 'conta'. Tudo correu às mil maravilhas. A coisa esteve mesmo boa.[XVIII]

---

1 FERREIRA, Felipe. *O livro de ouro do carnaval brasileiro*. Rio de Janeiro: Ediouro, 2004, p. 286.

O fato é que a marcha do Cordão da Bola Preta, "Segura a chupeta", de Nelson Barbosa e Vicente Paiva, foi na realidade criada para o Bloco dos Chupetas. A obra já foi gravada, regravada, "trêsgravada"... Só que nenhuma gravação se compara à da Divina Elizeth Cardoso (bolapretana de coração), em 1970, no LP *Elizeth no Bola Preta com a banda do Sodré*:

> *Quem não chora, não mama!*
> *Segura, meu bem, a chupeta*
> *Lugar quente é na cama*
> *Ou então no Bola Preta (...)*

Grupo do Cordão da Bola Preta. Em destaque – no centro – K. Veirinha, o xerife do Cordão da Bola Preta.

BELISCOU A ELISETE E FOI BEBER NO TANGARÁ...

ALDIR BLANC

Aldir Blanc é um dos maiores letristas e cronistas da cena brasileira. Autor, com João Bosco, dos clássicos "O bêbado e a equilibrista", "Bala com bala", "O mestre-sala dos mares". Escreveu em 2006 o livro *Rua dos artistas e transversais*, que reúne os livros de crônicas, *Rua dos artistas e arredores* (1978) e *Porta de tinturaria* (1981).

"Posso contar o convite para letrar 'Bola Preta', do Jacob do Bandolim (pouquíssima gente conhece). Baseei-a em alguns depoimentos de amigos e em escritos do grande Jota Efegê. Fui convidado, até mesmo desafiado, por Hermínio Bello de Carvalho para letrar 'Bola Preta', de Jacob de Bandolim, pra a produção do CD que ele estava produzindo de choros do Jacob com letras. O desafio foi letrar até os improvisos do Jacob na execução do choro. Eu mesmo cantei, com a ajuda de Jayminho Vignolli, do Água de Moringa, porque era de perder o fôlego.[1] Seria um registro histórico. Vejam o que vocês acham.

Abraço,

Aldir Blanc"[2]

---

[1] Em 1954, Jacob do Bandolim gravou a música "Bola Preta". Quase 50 carnavais depois, em 2003, a pedido do Hermínio Bello, a obra ganhou letra de Aldir Blanc e Jayme Vignoli para o CD duplo Ao Jacob, seus bandolins.

[2] E-mail de Aldir Blanc aos autores em 31 de agosto, de 2017, às 10:31h.

BOLA PRETA
Jacob do Bandolim / Aldir Blanc

I - A
Miudinho da Penha a Xerém
eu sei onde tem...
Um balanço de vem-ou-não-vem
no bonde ou no trem.
Socialaite beijou Zé-Ninguém:
nenhum nhém-nhém-nhém.
Chupeta, meu bem, pro neném...

I - B
Um inglês que trocou por Roskoff
o tal Big Ben,
O glamour de João Valentão
no Rio:
Olha o cabra da peste,
deixa estar,
pintando o 7,
beliscou a Elisete
e foi beber no Tangará!

II
Malícia e Inocência moram lá.
São gêmeas e só querem namorar.
A Banda do Sodré
desabrocha e faz lembrar
o flamboaiã em flor de Paquetá.
– Mas, ai, meu Deus, que saudade que dá...

Já são 10 horas da manhã
de sábado e o Bola vai passar.
Passou e não passou,
foi pra Lapa, mas ficou.
O Bola preta sabe eternizar.
– Eu sou de lá...

I - C
Mas tem um risco Brasil de mulhé
com a tal cana-caiana e café
e bota fé que o Bola chegou
não tem Zé-Mané!
Colombina dá bola pra mim
que ando assim-assim
– Sou meio Pierrô e Arlequim.

I - D
Tô na máquina do velho Wells
descida dos Céus,
um Balzac soltando no mundo
traque bom de pelica.
Tô no Bola,
a dica é de cuíca,
tão feliz a gente fica,
paquerei Carminha Rica
e fui beber no Bar Luiz.

III
Demorô,
oi, Iaiá, ai, Ioiô,

eu tô que tô
ou tu fica ou não fica...
A mulher ideal
é a Neuma, a Zica, a Surica
– Ai, cumé qui eu vô fazê? Hein?

Duvidô,
de-ó-dó,
chororô, ô,
se encrencou,
o segredo é viver.
Pro Bola Preta
eu vou de muleta
e sinto a caceta
rejuvenescer.

IV (VARIAÇÕES)
Vem Caymmi,
Noel, Lamartine, Ari, Bororó,
Ademilde também, o Orestes,
Sinhô, Donga, Jota Efegê
– Ai, o Tatu subiu no Pau!
Da Saúde, da Vila, do Estácio e de Madureira,
na Urca, a Tijuca também quis comparecer,
pagou pra ver porque
eu vou sambar
no Bola, meu cordão,
o sangue e o coração
com Pato Rebolão, Porrete
e outros bambas sem par...

o Bola Preta, preta, é meu segundo lar
e é lá que eu quero
me curar.

(Final) Os Democráticos e os Fenianos
são pau a pau.
A vizinha mamava na minha:
ensaio geral.
Trinca-Espinha virou K-veirinha
– Hoje é Carnaval!
Não chora, meu bem:
é norrrmal! Uau!

Preto e Branco, as cores do time:
feijão bom de sal.
Na moral, a moçada não quer
o teste da farinha.
Quem apaga e perde a linha
– amor com amor se paga –
liga pra Zezé Gonzaga
e vai beber no Nacional.

(breques) Vou pro Bola, já.
Tô ainda lá...
Eu vou me esbaldar
pra eternizar,
pra eternizar,
pra eternizar...

Rainha Moma e a princesa posando com os Bolas. A Soberana chegou ao carnaval carioca da forma mais rocambolesca: hidroavião, trem-bala, barca e similares (dignos de uma página de Moby Dick) ou puxada por oito parelhas de cavalos árabes. Sem data.

FREDERICA EULÁLIA SEBASTIANA THEODORICA HORTÊNCIA DA POMBA, A RAINHA MOMA

ANDRÉ DINIZ E
DIOGO CUNHA

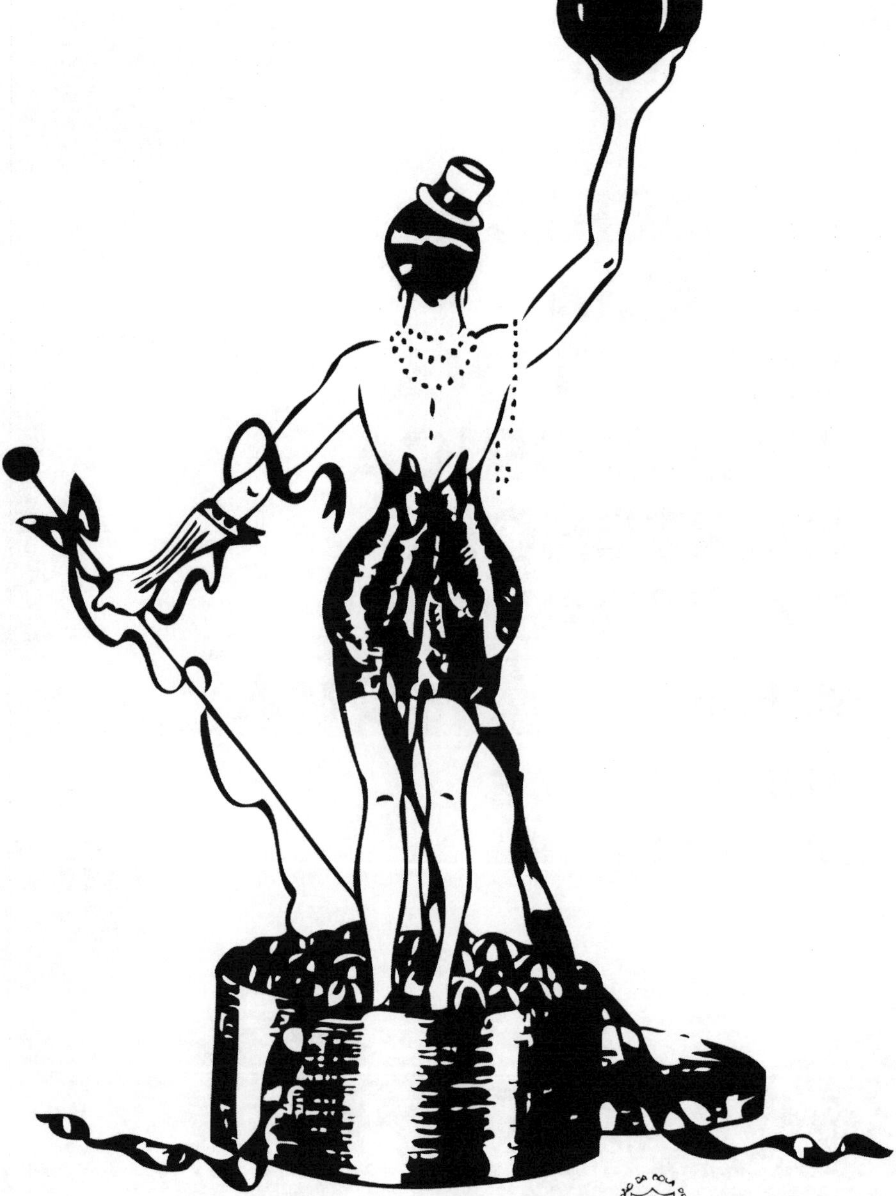

Durante dois anos, entre 1933 e 1934, o Rei Momo comandou a zuzarca carioca, de forma e medida, absoluto. Tal qual um Ivan o Terrível, podia até atirar seus inimigos contra cães ferozes e treinados. Mas não o fez. Segundo sabichões de plantão, a origem do Rei Momo vem da mitologia grega. Outros escalam à Espanha imemorial ou até mesmo à Roma antiga. Mas uma coisa nesse babado me parece certa: o Rei Momo grego é da Grécia, o Rei Momo espanhol é da Espanha e o Rei Momo da Roma antiga é romano antigo ou novo. E não custa nada lembrar que o nosso Rei Momo patrício é carioca.

Calhamaços antigos e enfadonhos chegam a citar que na década de 1910, o palhaço Benjamin Oliveira representou o monarca numa atuação no Circo Spineli. Segundo o mestre dos mestres o jornalista Jota Efegê, a tradição começou da seguinte forma:

> Momo era o "Deus da burla, das coisas maliciosas e das críticas espirituosas". Razão de sobra para tomar um-chega-pra-lá do Olimpo. Mas no Carnaval carioca, essa divindade, que é de se supor incorpórea, surgiu por obra do jornal *A Noite* e graça do cronista esportivo-carnavalesco Edgar Pilar Drummond, que passou pra história como Palamenta, do caricaturista Fritz (Anísio Mota)

do agora imortal Raymundo Magalhaes Júnior; esse foi quem conseguiu, no guarda-roupa do Teatro Municipal, com Silvio Piergile, trajes condizentes para o soberano recém-corporificado.[XIX]

Porém, existe um detalhe pra lá de peculiar nessa história toda. O primeiro Rei Momo carioca, pelo menos o que atracou na Praça Mauá em 19 de fevereiro de 1933, não era de carne (muita carne) e osso. Era um boneco de papelão, com direito a coroa, peruca, delicado sapato de laço, meias longas e capa a ministro do Supremo Tribunal Federal. Ele chegou a bordo de uma barca na Praça Mauá e desfilou pela avenida Rio Branco. Era um sábado magro de carnaval.

Não sabemos ao certo se os dois monarcas, o de papelão (que foi visto atracando na Praça Mauá) e o autêntico "rolha de poço", que tinha como dublê de corpo Francisco Moraes Cardoso – um cronista de turfe –, conviveram em 1933. É possível. Mas uma coisa é certa, Moraes reinou no fuzuê carioca de ponta a ponta, de 1933-1934 até 1948, quando bateu as botas.

No final da década de 1940 foi instituído um concurso para definir a escolha do Rei Momo no carnaval, uma figura já com a imagem consolidada, barriga intransportável e bonachão. Por algum tipo de patrulhamento calórico, diria até dietético, atualmente vêm surgindo novíssimos concursos repaginados (a palavra, é claro, não é nossa), como o rei Momo de corpanzil, no melhor estilo filé de borboleta. Cá pra nós? Uma piora considerável...

A NOITE X DIÁRIO DA NOITE

Dois carnavais depois do surgimento do Rei Momo, brotou Moma, a Rainha. A soberana caricatural era um homem vestido de mulher, idealizado por dois cronistas do Rio, Olho de Vidro (Armando Santos) e Olho de Peixe (Gérson Bandeira), ambos do *Diário da Noite*. A exa. Frederica Coração de Leoa, a Rainha Moma, surgiu como consequência da luta quase brutal travada entre os vespertinos *A Noite* e *Diário da Noite*. O motivo? A paternidade do rotundo Rei Momo. Como *A Noite* saiu vitoriosa na batalha, *o Diário*, em represália ou por farra, ou até mesmo as duas coisas, lançou uma charge na qual apresentava a Rainha Moma ao povo carioca. A partir de 1935, as duas reais figuras passaram a fazer parte de nossa maior festa popular.[xx]

RAINHA MOMA, UMA BIOGRAFIA

Frederica Eulália Sebastiana Theodorica Hortência da Pomba, eis o pomposo nome da Rainha Moma. Nasceu em Cachoeira do Funil, no Estado do Rio, logradouro tradicional situado às margens do Rio Preto, servido pela antiga estrada de ferro do Rio das Flores. Em 26 de fevereiro de 1935 era anunciada a chegada, às 21 horas, da barca vinda de Niterói para atracar na Praça XV de Novembro. Para tal, uma pequena multidão apinhou-se em frente à Estação da Cantareira para esperar a Rainha Moma. Entretanto, um problema técnico nas máquinas do poderoso buque, causou um pequenino atraso de 25 minutos. Ao chegar no ancoradouro, a rainha foi recebida pela guarda de honra do Cordão da Bola Preta, seguindo de carro oficial para o Palácio da 13 de maio, afim de presidir o grande baile dos Chupetas.[xxi]

Os discursos foram terminantemente proibidos. Mas para satisfazer o comichão do público presente e sob aclamação da plebe, a Rainha pegou o seu manto de cetim azul-ouro e fez um discurso pra história: *"Vive la farre!"* Debaixo de declarações ruidosas, Moma dirigiu-se à carruagem triunfal (autocaminhão transporte), de onde distribuiu beijos pelas ruas da nossa metrópole.[XXII]

TRENS, BARCOS, AVIÕES E SIMILARES

A Soberana chegou ao carnaval carioca da forma mais rocambolesca: acocorada nas asas do avião de caça e pesca, de hidroavião, trem-bala, navio, barca e similares (dignos de uma página de Moby Dick), nave espacial, balão estratosférico, puxada por oito parelhas de cavalos árabes e de carro alegórico.[XXIII] Os itinerários de sua majestade eram da rebimboca da parafuseta: "Praça Mauá, rua do Chichorro, em volta, Voluntários da Pátria, Ladeira do Escorrega, Subida do Morro de Santo Antônio, Avenida das Palmeiras, prá lá e prá cá, Estrada de Dona Castorina, sem passar pela Ponte de Tábuas: ruas Ouvidor, pelo lado direito, e Lavradio, pelo lado esquerdo, Beco do Cotovelo, adjacências e Palácio. Justiça seja feita, porém, dependendo e atendendo ao estado de fadiga de S. M., o itinerário poderia se resumir ao seguinte: Praça Mauá, Avenida Rio Branco, Cinelândia, rua 13 de Maio e Palácio."[XXIV]

NUTRIDA COMO UM FRADE DA BRAHMA

A rainha teve dublês de corpo de variados tipos físicos: Perna, Porrete, Cocada, Felice Francesco Panella, Domingos Panella, Pato Rebolão, Chico Brício, Braguinha, Fumaça, O Rei do Azar e grande elenco. Por essas e outras, ela poderia aparecer tal qual um faquir ou tão gorda e bem nutrida como um frade da Brahma.[xxv] Em 1961, a Rainha Moma foi representada pela primeira vez por uma mulher, uma loira bonita de 50kg de simpatia: Maura Possas. No desfile, na Avenida Rio Branco, tomaram parte 60 automóveis, 30 lambretas, o bloco Bafo da Onça e sócios do Bola Preta. O cortejo contou com dois quadros críticos: "Sai, ratazana", em que Braguinha imitou o presidente Jânio Quadros, de vassoura em punho, caspa e sanduíche de mortadela; já o cantor Leo Vilar veio caracterizado do político paulista Ademar de Barros, autor da antológica frase, "Roubo, mas faço".[xxvi] Com o passar dos anos, a Rainha Moma perdeu o rebolado e cantou pra subir na década de 1980.

Rei Momo I, e único, e Maura Possas. A primeira mulher eleita Rainha Moma do fuzuê carioca do Cordão da Bola Preta em 1961.

MANUSCRITOS SATÂNICOS

LUIZ ANTONIO SIMAS

Luiz Antonio Simas é professor e escritor. Publicou em parceria com o caricaturista Cássio Loredano, pela editora Folha Seca, o livro *O vidente míope*, sobre o desenhista J. Carlos e o Rio de Janeiro da década de 1920. É coautor, ao lado de Alberto Mussa, do ensaio *Samba de Enredo, História e arte*, lançado pela editora Civilização Brasileira (2010). Em 2012 publicou, na coleção Cadernos de Samba, o livro *Portela – tantas páginas belas*, pela editora Verso Brasil. Em 2013 lançou, pela Mórula Editorial, *Pedrinhas Miudinhas: ensaios sobre ruas, aldeias e terreiros*, reunindo 41 pequenos ensaios sobre cultura popular carioca, originalmente publicados no jornal O Globo. É ainda coautor do livro *As Titias da Folia*, sobre as escolas de samba cariocas. Lançou em 2015 o *Dicionário da História Social do Samba*, em parceria com Nei Lopes, e *Prá tudo começar na quinta-feira*, em parceria com Fábio Fabato. Em 2018, pela Numa Editora, publicou *Princípio do infinito: um perfil de Luiz Carlos da Vila*, em parceria com Diogo Cunha. É jurado do Estandarte de Ouro, maior premiação do Carnaval realizada pelo Jornal O Globo.

(Manuscritos satanistas encontrados entre as ruínas da antiga cidade do Rio de Janeiro, onde hoje se ergue a Aleluialândia. Não estão datados, mas foram escritos provavelmente entre os anos de 2015 e 2017. Autoria desconhecida.).

Conheço grandes pensadores que refletem profundamente sobre temas momentosos, como o aquecimento global, a fragilidade da condição humana, o crescimento desenfreado das grandes metrópoles, o desenvolvimento sustentável, a violência urbana e outros babados.

Eu também estou nesse time, ainda que seja um pensador liliputiano: ando refletindo nos últimos cinco anos, com grande constância, sobre coisas de importâncias similares aos desígnios da humanidade e do planeta: o destino do Rei Momo e sua corte e o papel civilizatório do Cordão da Bola Preta para o Rio de Janeiro. Cheguei a algumas conclusões que exponho neste arrazoado, numerando-as:

1. Momo era o filho do Sono e da Noite. Um galhofeiro e irreverente que sacaneou os outros deuses a ponto de ser expulso do Olimpo pelo próprio Zeus. Não queria fazer nada de útil,

preferindo passar os dias a se divertir, comer e tomar vinho. Foi deportado para a Terra. Ao chegar por aqui, começou a se apresentar nas cidades tirando a máscara, erguendo um estandarte festeiro e tocando guizos que convocavam os homens para arruaças, porrancas e *orgias*. Tudo era permitido nos locais em que o deus exilado levantava o seu estandarte.

2. Na Roma antiga, à época das grandes festas saturnais, escolhia-se alguém, em geral um soldado fortão, para representar o zombeteiro Momo. O escolhido era coroado e tinha o direito de comer, brincar e encher a cara até o esgotamento. Depois disso, desmaiado de tanto vinho e comida, era conduzido ao altar de Saturno e gloriosamente sacrificado.

3. Em 1933, com o Carnaval oficializado pela prefeitura do Rio de Janeiro, os jornalistas de *A Noite* tiveram a ideia de nomear um Momo para a festa. O escolhido foi o repórter de turfe Moraes Cardoso, um sujeito assombrosamente gordo e gaiato. Estava criada aí a tradição.

4. Fosse Moraes Cardoso uma Olívia Palito, um esquálido, o Rei Momo magro teria se estabelecido entre nós.

5. O Rio de Janeiro é uma cidade tão inusitada que inventou o primeiro rei carnavalesco desde as saturnálias romanas. O Rei das Saturnálias, porém, era em geral um soldado guapo que se empanturrava de carne, enchia a cara de bebida e, no fim da festa, era sacrificado. Nós, que nascemos sob o signo da subversão, transformamos o deus Momo em rei, colocamos um balofo no trono, cercamos o soberano de princesas e rainha e fomos pro ziriguidum.

6. Nos meus tempos de moleque, o Rei Momo era sempre uma baleia; uma espécie de rolha de poço, um gordanchudo. Minhas recordações de infância fixam a imagem do Rei Momo com contornos de um cachalote fantasiado. Meu avô me levava todo ano aos desfiles dos blocos de embalo na Avenida Rio Branco, com direito a porrada entre os apaches do Cacique de Ramos e o pessoal do Bafo da Onça. O Rei Momo sempre abria os desfiles, suando como um porco, com duzentos quilos de banha, ao lado da rainha e da princesa do carnaval, musas inspiradoras de muito cinco contra um da molecada da época.

7. O concurso para a escolha do Rei Momo era uma espécie de ágape profano. O cidadão que pretendesse ser escolhido para a mais nobre função da folia tinha, e não exagero, que comer pelo menos quarenta frangos assados de padaria e duas travessas de macarrão em almoço no Largo da Carioca. O acompanhamento líquido era simples: dois engradados de cerveja por candidato. O embate entre os balofos, com direito a vômitos, caganeiras e peidos em profusão, era comovente. Após a farra do almoço, os candidatos ainda tinham que sambar no pé e mostrar agilidade pulando corda. Conheci gente cujo sonho era chegar aos duzentos e tantos quilos para se candidatar ao posto.

8. De uns tempos pra cá, algumas cidades têm escolhido Momos magricelas, em nome dos cuidados com a saúde e o corpo. Jamais me conformarei com isso. O Carnaval é a festa da inversão de valores, ora pitombas. Na condição de súdito de Momo, ergo aqui, como faço há tempos, meu brado de

protesto contra a ditadura infame da estética, o culto mórbido ao corpo esculpido, ao abdômen sarado. Façam isso na Páscoa, em São João, no Natal – não seria mal um Papai Noel esquálido, doente –, mas não metam o bedelho no Carnaval, pelo amor dos deuses.

9. Comecei a falar sobre o Rei Momo e confesso que estou em clima francamente carnavalesco. Ouço, desde longe, o bumbo do Zé Pereira. Acontece que estamos ainda na primavera e há quem diga que estou variando. Falei isso outro dia numa conversa de botequim e estabeleceu-se o seguinte diálogo:

– Estou na expectativa de um carnaval épico, coisa de dar inveja ao furdunço do Boi Ápis. E ando em campanha por um Momo gordo.

– Tás de brincadeira. O mundo está acabando. Não tem clima nenhum de Carnaval.

– Mas eu já escuto o bumbo do Zé Pereira e os clarins do frevo.

– Eu só escuto som de tiro.

– Não posso fazer nada. É mais forte que eu. Estamos longe do Carnaval e uma das minhas preocupações no momento é pensar na fantasia do Bola Preta. Acho que vou de Diabo, formando dupla de área com o Barrabás.

10. Não sou um monstro ou um maluco que baba na gravata. Apenas considero o Carnaval – eu só escrevo a palavra com letra maiúscula – bem mais que um evento. O Carnaval é um compromisso civilizacional do brasileiro. Ir ao desfile do

Bola Preta continua sendo, para mim, uma missão da maior seriedade, mais ou menos como peregrinar à Meca para os seguidores do profeta (Aliás, posso me fantasiar de Maomé, caso não consiga improvisar vestimentas de Belzebu).

11. Por falar em Maomé, acho que o mundo está desse jeito meio torto pela ausência do espírito carnavalesco. Recentemente – não faz tanto tempo assim –, algumas caricaturas do fundador do Islão, feitas por desenhistas dinamarqueses, geraram uma confusão dos diabos na Europa, com ameaças de homens--bombas e o escambau. Por aqui, trocentas mil pessoas cantam todo ano, na apoteose do Bola, uma marchinha que coloca o barbudão muçulmano no mínimo em posição suspeita:

> *Olha a cabeleira do Zezé,*
> *Será que ele é, será que ele é?*
> *Será que ele é bossa-nova,*
> *Será que ele é Maomé*
> *Eu acho que é transviado*
> *Mas isso eu não sei se ele é.*
> *Corta o cabelo dele (Tum-tum)*
> *Corta o cabelo dele!*

12. Ninguém ameaça matar ninguém por isso. Surge daí a minha sugestão: para acabar com a violência, o negócio é dissolver a polícia e estabelecer, por decreto, desfiles diários do Cordão da Bola Preta. Ao invés da intervenção das forças de segurança, do exército e da polícia federal, deixem que o Bola Preta ocupe a cidade permanentemente. É o Bola, com seus piratas, índios, mandarins, centuriões, abelhinhas, sultões,

havaianas, bebuns, mocorongas, barrigudos, velhas, suburbanos, morenas, donzelas e putas tristes que vai nos salvar da pororoca pessimista.

13. O Bola Preta é a cidade cerzida. Nas ruas do Centro, durante o cordão, partida continua sendo só sinônimo de jogo de buraco e futebol. Não tem como dar errado.

14. Só o Carnaval pode salvar o mundo. Com um Rei Momo imenso, de preferência.

FUTEBOL À FANTASIA BOLA PRETA A. C.

ANDRÉ DINIZ E
DIOGO CUNHA

Os craques do Cordão da Bola Preta exibindo suas
habilidades no futebol à fantasia. Sem data.

Em 1933, o brasileiro ainda jogava futebol de botina e o mais atlético deles não sabia nem o que era a bola. Nesse período, o Bola Preta A. C. realizou partidas memoráveis contra quadros de escol como os Vampiros, Pé no Fundo, Fura Redes etc.[XXVII] O conjunto jogava pela Liga Carioca de desportos terrestres. Na década de 1930, o escrete do Bola Preta era composto por Manuel Assistência, Melão, dr. Xavier, dr. Espírita, Bola Preta Mor, Baby e Everest.[XXVIII]

Mas a leitora ou o leitor não se deve levar por essa confusão sonora. Nenhum desses pernas de pau teve qualquer coisa com o Cordão da Bola Preta. Nesse ano de 1933, tivemos dois campeonatos cariocas: um organizado pela Associação Metropolitana de Esportes Atléticos (AMEA) e o outro pela Liga Carioca de Futebol (LCF). Para nosso encantamento, lembremos o belo elenco do Bangu, vencedor da temporada do LCF, Mário Carreiro, Ferro, Santana, Orlandinho, Plácido, Camarão, Médio da Guia e Tião; Sobral, Ladislau, Euro, Sá Pinto, Euclides e Paulista, Luiz Vinhais (técnico) e Tenente Barbosa (preparador físico).

Só que nenhuma peleja foi mais impactante em 1933 que o jogo entre o Cordão dos Anjinhos (dos Tenentes dos Diabos) e o Cordão da Bola Preta: "Paira com grande ansiedade em torno do match de futebol a travar-se entre o Cordão dos Anjinhos (dos Tenentes dos Diabos) e o Cordão da Bola Preta. A peleja realizar--se-á no campo do São Cristóvão F. R., na rua Figueira de Melo. O juiz será o sr. Ary Amarante (juiz sul-americano, que apesar de estar aposentado, dada a importância do jogo, resolveu aceitar tão difícil incumbência), assim como cronometrista o Frei Badalo. Os times são os seguintes: Cordão dos Anjinhos, Lascada, Bicohyba e Pneu-balão; Barbante, Camisa e Estamparia; Batoque, Gambiarra, Itália, Vidraça e Bacalhau. No banco de reservas, Rifinha, Curió, D. Pepino, Puré, Malhadinho, Mis-em-scene, Polaca, Baiano e Sarará. Já o escrete do Bola Preta vinha de Porrete, Potyguara, Vaselina, Maravilhoso, Aratun, Kaverinha Lampeão, Catino, Toninho, Fevereiro e Gigolot de Português. Na reserva, Fala Baixo, Gurgina, Conceição, Santana, Jamanta, Baiano, Papai Pernilongo, Pato Rebolão e Reconicha."[XXIX]

Nozzeu e Chico Caribé[XXX] completavam o trio de arbitragem nas bandeirinhas. A torcida ficava por conta de Fala Baixo e Senhora, que durante os longos intervalos faziam demonstrações emocionantes do jogo de ioiô, em que são incomparáveis.[XXXI]

O conhecido doutor Jucá, boa praça, atento à falta d'água em alguns bairros da cidade, aconselhou que fosse colocado em cada gol um barril de 30 litros bem geladinho para evitar qualquer tipo de desidratação. Essa medida, é claro, foi aceita pelos dois cordões, mas sem a intenção clínica do dr., [XXXII] o chopp rolou à vontade...

O MATCH CORDÃO DOS ANJINHOS X CORDÃO DA BOLA PRETA

O resultado era o que menos importava no encontro entre os dois quadros: infelizmente apesar de todas as medidas preventivas tomadas pelos organizadores, o match sensacional não esteve isento de fatos extremamente desagradáveis. Burlando a vigilância severíssima, segundo corria insistentemente e, ao que parece, já está devidamente provado, o keeper da Bola Preta foi subornado por elementos contrários. As declarações do acusado, tomadas logo após a constatação do delito, foram profundamente emocionais, e ele afirmou que foi vítima de má-fé de um adversário. O center-half Polaca, dos Anjinhos, atuou armado de uma bengala (apesar dos protestos violentos da assistência). A assistência, aliás, teve papel extremamente saliente. O player Fala Baixo, depositário de grandes esperanças pela sua excelente forma física, não compareceu à peleja. Mais tarde soube-se que esse elemento foi contratado pelo Vasco da Gama.

Houve uma séria ameaça de sururu, motivada pela ação do player Potyguara, que fez repetidos hands. A consequência mais interessante da partida foi a de ter o jogo terminado exatamente com a provisão de chope existente atrás de cada gol. Os atletas souberam medir tão bem que tudo deu certo. No final do match, feitas as contas, verificou-se um empate. Um time havia marcado 4 1\2 e o outro 4,50. Depois da partida foi servida, no Palácio da Bola Preta, uma suculenta feijoada à moda, preparada pelo grande mestre Castanheira, ex-chefe de cozinha do Palácio das Necessidades, residência oficial do general Carmona. Após o regabofe, os cordões saíram em passeio pela cidade até a Galeria Cruzeiro, de onde só partiram quando Seu José desceu as portas do estabelecimento.[xxxiii]

REI MOMO VAI BARRAR CASTILHO

Outra partida memorável aconteceu em 1957, quando o rei Momo fechou o gol e teve uma atuação notável. Perigou até mesmo ser convocado por Pirilo para integrar a seleção carioca, no lugar do Castilho e toda a sua leiteria. Aos fatos: houve, domingo pela manhã, um racha no campo do Vasco da Gama em São Januário. De um lado, o time da Associação dos Cronistas Carnavalescos e do outro (mas bem do outro), a equipe do Bola Preta. Sete juízes, com Fioravante D'Angelo à frente, se postaram rapidamente em campo. E em cada canto do corner abriram um botequim (isso mesmo), aonde os 37 jogadores iam, digamos, se refrescar. É bom que se diga: vinte e sete substituições ocorreram no prazo de 15 minutos. Pois bem: em um dos arcos, exatamente o da ACC, postou-se deitado na meta o primeiro e único Rei Momo. Sua rotunda figura, como já era de se esperar, ocupou toda a extensão do gol. A pelota vinha e já sabe, batia na barriga (quase intransportável) da rotunda figura. Treze. Repito: treze jogadores foram recolhidos ao Miguel Couto com suspeita de enfarte do miocárdio e sete tiveram uma coisa do tipo: ai meu Deus! A peleja terminou em 108 X 90. Melhor dizendo: os jogadores da ACC tinham bebido 108 cervejas contra apenas 90 do escrete do Bola Preta.

Não pensem que parou por aí. Até a meiuca da década de 1980, um domingo antes do carnaval, rolou o futebol à fantasia.[XXXIV]

QUAL É O PESO DO REI?

Nesse mesmo ano de 1957, o Rei Momo participou de outra partida sensacional. O jornal *A Noite* e a Rádio Nacional lançaram um "concurso relâmpago", com o patrocínio de Crush (o refrigerante dos foliões) – Qual é o peso exato (e as aproximações) do Rei Momo:

> "Os adeptos da adivinhação que botem as barbas de molho. Estamos lançando, com essa nota, um sensacional concurso para os leitores adivinharem qual é o peso total (em conjunto) do Rei Momo. Esse rotundo monarca que merece, com a graça de Deus, engordar cada vez mais. Quem tiver faro matemático comece a fazer os cálculos. A cada edição lançaremos uma pista. Ela tanto pode conduzir o felizardo ao prêmio final como pode mandar o referido ao hospício, que é ali mesmo, em Jacarepaguá. O próprio Rei Momo parecia lelé da cuca pois: S. M Rei Momo I, e único, lançou desafio para Carlson Gracie. Enfrentá-lo num vale tudo no Maracanãzinho, com toda renda destinada ao Abrigo das Cabrochas e das Coroas da Momolândia".

REGULAMENTO DO CONCURSO "DIGA O PESO DO REI":

1) A Noite publicará, diariamente, um cupom, que deve ser preenchido pelo leitor indicando o peso de S. M. Rei Momo I, e único, além do nome e endereço do votante.

2) A pesagem de S. M Rei Momo I, e único, será feita em praça pública no dia 28 de fevereiro.

3) Ao leitor que indicar o peso exato do Rei será conferido o prêmio equivalente a 10 mil cruzeiros".[xxxv]

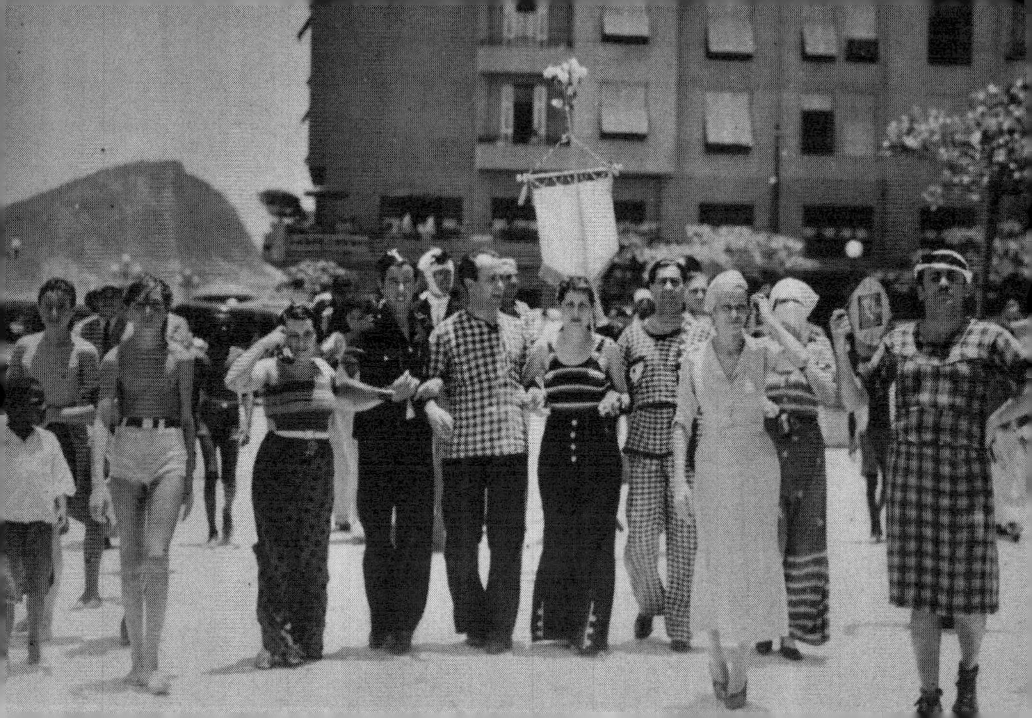

INICIAÇÃO
RAQUEL VALENÇA

Raquel Valença é pesquisadora de cultura popular, autora do livro *Serra, Serrinha, Serrano: o Império do samba*, escrito em parceria com Suetônio Valença. Foi vice-presidente da Escola Império Serrano e há anos faz parte do juri do Estandarte de Ouro do jornal *O Globo*.

a tia levava as meninas ao centro da cidade para verem o carnaval e todo ano a fantasia do grupo era escolhida com antecedência. Houve, um ano, as baianinhas: saia estampada de babados bem franzidos, a bata de bordado inglês, uma lindeza, o pano da costas discretamente costurado na alça esquerda, para não ficar caindo e atrapalhar a brincadeira, turbantes com cestinho de frutas na cabeça e uns tamanquinhos lindos. Depois, teve o ano das bailarinas, uma de cada cor, saia de tule em camadas, corpete de cetim todo trabalhado com lantejoulas e umas pluminhas na cabeça, meia arrastão e sapatilhas. Houve também ciganas, piratas, odaliscas, porque as mulheres da casa adoravam aqueles preparativos. A compra dos tecidos, a escolha dos modelos, o esmero dos acabamentos eram, em si, uma festa que mobilizava toda a ala feminina da família.

Justamente naquele ano, em que a fantasia escolhida tinha sido a romântica colombina, e nas cores preta e branca, como convinha ao cordão onde a folia começava, no sábado, a irmã mais velha anunciou que não participaria do grupo. Prestes a completar 14 anos, queria uma fantasia que não parecesse fantasia. Escolheu um conjunto de calça ¾, na última moda, com um corpete de ombros de fora – frente única, como se dizia então. Na cabeça um bonezinho. O tecido imitava pele de onça, novidade absoluta na época, muito insinuante.

As mais novas se sentiram um tanto humilhadas com a deserção, que expunha a dura realidade: grupo de fantasias iguais era coisa de criança. Mas não deram o braço a torcer. Na realidade, se a princípio acharam um tanto bizarro aquele traje que nem parecia de carnaval, logo passaram a achar aquilo muito interessante e suas colombinas perderam grande parte do encanto. A irmã mais velha tinha inegável prestígio, não apenas pela vantagem cronológica. Era também a mais bonita, morena, cabelos muito pretos, lábios grossos.

Mas de nada valeria reclamar. As colombinas iam sendo finalizadas em ritmo frenético, saias fartas de tule branco, blusa de losangos enfeitados com fio de lantejoulas miúdas, acabamento de pompons, que se aplicavam também ao chapéu em cone e às sapatilhas pretas. Estavam de fato muito lindas. Diante disso, acabaram se conformando. E no sábado de carnaval seguiram para o centro de cidade, de lotação, sob o olhar vigilante da tia. Iam alegres, cantando os sambas e as marchinhas aprendidas no rádio e nas revistinhas à venda nas bancas. Carregavam sacolinhas de filó cheias de confete e serpentina e até um frasco de lança-perfume, que não tinham nem ideia que servisse a outro fim que não o de brincadeira inocente.

O século XX entrava na sua segunda metade, a cidade que em breve deixaria de ser a capital do país respirava alegria naquele fevereiro. As meninas adoravam o centro da cidade no carnaval. Quanta coisa para se ver: a criatividade das fantasias, a alegria dos blocos espontâneos, os foliões solitários sempre com cartazes de dizeres críticos, o medinho que os grupos de bate-bolas despertavam. Era muita coisa ao mesmo tempo em suas vidinhas pacatas, em que a televisão – recente e ainda muito limitada – já representava a melhor opção de lazer.

Afora a escola, quase nada acontecia naquelas vidas. Por isso, nas férias, o tédio só era quebrado pelo carnaval. Gostavam do lugar, das avenidas largas cheias de gente, e se preparavam decorando o adorável repertório, que se orgulhavam de dominar bem. Ingênuas, não percebiam a malícia nas letras de duplo sentido das marchinhas mais picantes. Em suma, eram felizes.

Naquele ano, tudo parecia repetir a alegria dos anos anteriores. A prima e a irmã mais nova, felizes em suas colombinas, não notaram logo a presença de um desconhecido que seguia o grupo. A tia imediatamente se deu conta, mas não se alarmou: era um rapazinho de uns 15 anos, louro, com a pele do rosto muito vermelha de sol, fantasiado de marinheiro. O grupo andava em uma direção e o marinheiro ia atrás. Fazia-se meia-volta para descer a rua, e lá estava o marinheirinho.

De repente, uma onda de agitação anunciou a aproximação do esperado cordão. Era o Bola que se aproximava. Já se podia ouvir o som nítido da orquestra de metais espalhando a tal da "alegria infernal" anunciada em sua tradicional marchinha-hino. Nem a tia conseguiu ficar parada. Em frente a elas, próximo ao meio-fio da rua sem carros, formou-se o bailinho. Um cordão de gente que não se conhecia, contagiada pela animação, começa a interagir, numa súbita intimidade, trocando sorrisos cúmplices, cantando e dançando. A irmã mais nova era a mais alegre, inventava coreografias e comandava cobrinhas de folia. A prima, bem menos afetada pela loucura geral, catava serpentinas usadas e reabastecia o saquinho de confete com restos apanhados do chão. A irmã mais velha rodava o salão improvisado de par com o marinheirinho. Isso mesmo, o braço dele enlaçava sua cintura numa intimidade até então alheia ao universo delas. Mas era carnaval, o gesto antes impensável adquiria naturalidade, nem a tia parecia achar anormal o abraço que em outra circunstância seria impensável.

Impossível determinar quanto tempo durou o bailinho. O Bola Preta se deslocava devagar, não tinha pressa de chegar a algum destino, sua missão era divertir. O tempo parava para ouvir o "quem não chora, não mama", para observar os homens com suas camisetas de malha branca com um círculo de tecido preto, nem sempre bem cortado, aplicado sobre o peito, as mulheres com sainhas franzidas em tecido de bolas pretas sobre fundo branco, numa criativa variedade de modelos e adereços. Não eram tipos de beleza, modelos e boazudas, daquelas que o carnaval, com o passar dos anos, passaria a atrair. Eram mulheres comuns, do povo, que a alegria tornava atraentes. Carregavam sombrinhas, corações de papelão ou de tecido, tinham a cabeça enfeitada com flores e outros adereços, tudo divertido e sem pretensão. A verdade de sua alegria era comovente e de maneira inexplicável a irmã mais nova sentiu vontade de chorar.

Já a mais velha parecia muito à vontade com o braço do marinheiro sobre o seu ombro. Rodavam alegremente pelo espaço improvisado pelo grupo de foliões, que acabou se deslocando para trás da formação do Cordão, onde a corda delimitava o pertencimento ao núcleo duro da folia. Atrás da corda vinha quem quisesse, a turba; mas, ali dentro, era o lugar reservado aos iniciados, observou atenta a caçula. E guardou no coração o desejo secreto de um dia estar ali. Não foi um desejo formulado racionalmente, apenas um sentimento difuso, de um coração de criança, sob a emoção do momento.

Atrás do cordão a multidão ia se dispersando aos poucos. A realidade chamava as pessoas de volta. Não todas as pessoas: havia quem continuasse indefinidamente atrás do cordão, quem fosse até Quarta-feira de Cinzas de bloco em bloco, de cordão em cordão. Mas para o grupo era hora de pensar em voltar, afinal, já estavam na rua havia... Quanto tempo? Só a tia sabia ao certo. Para as meninas parecia bem pouquinho, o tempo passara muito rápido. Iam pegar o lotação de volta e não deram por falta do jovem marinheiro que desaparecera. Talvez a irmã mais velha tenha notado seu sumiço, mas nada disse. Tinham andado algum tempo, já não abraçados, não havia música que justificasse. Mas sem ninguém saber o motivo, sumira na multidão.

Lá vinha enfim um lotação com lugar, vários já tinham passado sem parar. E bem na hora do embarque, sem uma palavra sequer, o garoto reapareceu e num gesto rápido tirou da cabeça o quepe e o substituiu na cabeça da menina pelo boné de oncinha, que guardou para si. Gesto lindo e romântico, que causou grande efeito às colombinas. A oncinha, corada, nada dizia, a tia se limitava a sorrir.

O caso poderia terminar aí e já seria lindo. Mas, ao chegar em casa, a irmã mais velha verificou que no quepe de marinheiro estava escrito nitidamente nome completo e o telefone de seu dono. A irmã mais nova foi convocada para a confidência e logo sugeriu que a ligação fosse feita ainda durante o carnaval. Quem sabe se encontrariam em outro bloco? Mas a mais velha, sempre sensata e pouco ousada, declarou que não faria isso sem o consentimento da mãe. Esta, consultada, vetou terminantemente qualquer possibilidade de contato: onde já se viu uma moça ligar para um rapaz? Não estava previsto no código de comportamento de meninas de família. Moça que liga para rapaz é "oferecida". Mas, ponderou a rebelde caçula, a ideia de dar o telefone partiu dele, ele é que se adiantara, tomara a iniciativa. O argumento não ajudou, e a mãe decretou que não era de bom tom falar com desconhecidos, sem saber se se tratava de um rapaz de família.

As meninas garantiram que sim, era lourinho e lindo na farda de marinheiro... Tudo em vão. A mãe não se deixou convencer. As irmãs ficaram tristes, a mais velha provavelmente bem mais, mas seu temperamento discreto não o demonstrou. E foi com grande espanto que acolheu a sugestão da caçula: por que não ligava escondido da mãe? Impossível. Não faria isso, nem sequer lhe passava pela cabeça. Era obediente demais. Não fazia parte de seu repertório uma atitude de rebeldia. O assunto estava encerrado. O episódio ficaria para sempre apenas como uma reminiscência do Cordão da Bola Preta, num perdido carnaval do passado.

Para a irmã mais nova, no entanto, que nunca se conformou com o desfecho, nascia naquele momento a paixão desenfreada pelo carnaval e suas infinitas possibilidades, antes sequer imaginadas.

ÁGUA NO CHOPE!

ANDRÉ DINIZ E
DIOGO CUNHA

Festival de chope do Cordão da Bola Preta em 1973.

QUEM FOI?

– Quem foi que pôs whisky no meu chope? – perguntou ao garçom um famoso *sportman* frequentador assíduo do Palácio da Treze de Maio, do Cordão da Bola Preta.

– Não sei! – respondeu o garçom, esquivando-se perante a indignação do atleta.

– Foi aquela turma que está ali sentada? Diga, rapaz, foi algum deles? Conheço todos! O Bicoyba, o Lascado, o Fala Baixo! – disse o *sportman*, nessa altura do campeonato, aos pinotes.

– Não foi nenhum deles! – jurou de pés juntos o homem da gravata borboleta e de mãos atadas por baldes de chopes.

– São com certeza uns anjinhos!!! – berrou-lhe o atleta no melhor de sua forma.

– Pode não ser hoje, mas no passado já foram! – respondeu o garçom.

– Como?! – perguntou o atleta perdido no lance.

Numa observação digna do comentarista esportivo Washington Rodrigues, o garçom fechou a conta e passou a régua:

— Eles eram do Cordão dos Anjinhos, lá do Tenentes dos Diabos!XXXVI

LUCRO LÍQUIDO E CERTO

Em fevereiro de 1950, os bailes pré-carnavalescos estavam tinindo no Cordão da Bola Preta. No seu posto de observação, no bar do Bola Preta, Lourenço escalava as melhores marchinhas: "Retrato do Velho", "Bonde do Catete" e "Balzaquiana",[1] este sucesso carnavalesco de 1950 (Antônio Nássara e Wilson Batista): "Não quero broto / não quero, não quero não / não sou garoto / pra viver mais ilusão (...)".

O velho Antônio Joaquim Lourenço do Poço era o proprietário do bar que funcionava no Cordão da Bola Preta. Lourenço sorria de orelha a orelha com o lucro, digamos assim, líquido do bar. E segue o baile: "Sete dias na semana / eu preciso ver minha balzaquiana (...)" Pois bem: no calor do baile, Lourenço bebeu com um élan voraz umas duas doses de Whisky Old Par. Não pensem que parou por aí. Lourenço era, até aquele momento, uma figura discretíssima, um bobalhão. Limitava a sua atuação à venda de bebidas e a jogar um rolo de serpentina pro alto. De uma forma plástica, alada (como um coelhinho de desenho animado), subiu na mesa. Cantou "Balzaquiana" em três idiomas e, fantasiado

---

1 Curiosamente e pelo o que tudo indica, a expressão balzaquiana foi criada no Brasil. E mais tarde exportada para Paris. Isso graças a uma passagem de Brigitte Bardot pelo Rio de Janeiro. "Os jornalistas franceses que a acompanhavam acharam curioso que uma referência a Balzac fosse tema de Carnaval e levaram a marchinha para a França", diz o historiador José Ramos Tinhorão. XXXVII

de viga do Maracanã, viu estrelas. Lourenço verificou, da pior maneira possível e para o seu azar, apenas no dia seguinte, que estava com uma dor de cabeça de Quincas Berro d'água. O diagnóstico não poderia ser outro: o Whisky Old Par tratava-se de uma grosseira falsificação.

O ALFAIATE

Semanas antes do baile, Lourenço adquiriu do alfaiate Uriel Valdevino Araújo uma dúzia de Whisky Old Par e Haig Haig pela importância de 2 mil cruzeiros. Uma verdadeira pechincha à época. Justiça seja feita, o alfaiate Uriel Valdevino Araújo parecia um personagem de Marques Rabelo: magro, bigode de Wilson Grey, fronte de galã de cinema mudo, terno impecável e elegante até na sola do sapato. Mas tudo isso não define a figura. Não é o lucro exorbitante, líquido e certo que afaga um falsário. Longe disso. Castelos, carros supersônicos, barcos, fortunas, nada disso vale a pena. Gratificante mesmo para um falsário é o simples prazer de enganar o próximo, dar dor de cabeça.

Lá pelas tantas, e recuperado de sua ressaca, Lourenço do Poço (na maior água) levou o fato ao delegado Soares da seção de Defraudações e Falsificações da Delegacia de Economia Popular.

O diabo mora nos detalhes, como diz um velho ditado. Há meses o delegado vinha recebendo queixas de amigos "do peito" e "de copo" de que alguns bares na cidade estavam vendendo bebidas estrangeiras falsificadas. O próprio delegado andou enchendo a moringa de uísque, vinho e vodca em vários locais da cidade. E encontrou uma diferença grande no paladar das bebidas.[xxxviii]

Indo ao Bola Preta, bebeu uma dose do tal Whisky. Uma não: umas cinco ou seis! Já mais pra lá do que pra cá, o delegado proclamou: "nunca bebi nada pior, é falsa!" E mandou mais duas pra dentro! Só pra constar, saiu carregado do Bola Preta...

MADE IN CATUMBI

O delegado, querendo pegar o alfaiate Uriel Valdevino Araújo com a boca na botija, aconselhou ao Lourenço encomendar mais umas caixinhas. E não deu outra. Quando Valdevino chegou, sobraçando um enorme embrulho, foi pego no ato. Sem escapatória, indicou às autoridades onde residia o fornecedor. O "amigo urso" morava na rua Queiroz Lima, 21, no Catumbi. O CEP era do italiano Marino Vicenzo, que ao receber o Lourenço com dois amigos abriu um largo sorriso, sem nem imaginar o que lhe esperava.

No quintal da casa, o quadro era impactante. Havia cerca de um ano, o ex-sapateiro Vicenzo entrara de sola no novo negócio. Vinha fabricando Whisky inglês, escocês e conhaque francês. O golpe? Comprava garrafas vazias de Old Par e Hennessy e misturava com conhaque de alcatrão, whisky nacional, Gold Top e cachaças dessas de bico cromado de 2 cruzeiros – bem ordinárias. Vicenzo arrolhava tudo com cuidado para não danificar os rótulos. O negócio teve boa saída e o ex-sapateiro foi obrigado a expandi-lo. Qualquer bebida era feita em questão de minutos. Mas o porre durava semanas. Preso pelos meganhas, Vicenzo foi levado pra Delegacia de Polícia. Que ressaca!

TODAS SÃO DE CORAÇÃO FOLIÃS DO CARNAVAL

MARINA IRIS

Marina Iris é cantora, compositora, professora de Português e jornalista. Formada em Letras pela Uerj, migrou para o trabalho como jornalista em 2011. Como compositora, teve algumas de suas músicas gravadas por artistas da nova geração do samba. Ao longo da carreira de cantora gravou três discos. *Rueira*, seu último álbum, foi lançado em março de 2018, pela Biscoito Fino.

Méier, fevereiro de 96. Pra moleca de 12 anos, estava definitivamente superado o frio na barriga. Foi-se de vez aquilo que sintetizava medo e fascínio por bate-bolas e gorilas no Carnaval da Chave de Ouro. A adolescência, firme, batia seu ponto. Nesse ano, a ansiedade era outra: romper as fronteiras do seu bairro e finalmente virar foliã de uma cidade inteira. Na noite da véspera, trocou o sono pela espera. A manhã se aproximava e com ela chegava a hora de conhecer, no Centro do Rio, o imponente desfile do Cordão da Bola Preta.

E assim foi. Uma viagem que nunca acabava, a chegada, um pulo da condução com a mãe a tiracolo e olhos pra que te quero. Nada escapava, nem um detalhe sequer daquele mosaico branco e preto de tantas cores.

Logo, logo, o som da banda tratou de sincronizar-se aos batimentos daquele coração acelerado de criança.

Que alegria, ela repetia, que alegria.

...

"Um desânimo só". Há quase uma década, Rose respondia assim quando perguntada sobre os preparativos para a folia que se aproximava. Historicamente, ela era toda Carnaval. Nos últimos anos, nem tanto. O avançar da idade associado a algumas perdas diminuiu bastante seu ritmo. A gota d'água, um abalo nas finanças, afastou ainda mais a professora de sociologia da festa do povo.

A terça, a segunda, o domingo, tudo foi virando cinzas. Ou quase tudo.

Suas forças, é bem verdade, não se enfraqueceram a ponto de romper com uma tradição: desfilar no Bola. Dali não saio, dali ninguém me tira, ela dizia num sopro de orgulho de baluarte. Seu casamento com o bloco, brincava, foi o único que deu certo. E dentro dessa tradição, havia outras tradições mais singelas. Batom carmim. A máquina de retrato que foi abduzida pelo celular.

As blusas de bolinha foram mudando ao longo do tempo – resistiam, no máximo, dois anos. Mas, provando que o afeto mora no detalhe, um enfeite de cabelo com penas pretas e brancas a acompanhava há mais de duas décadas...

...

O enigmático registro do número de foliões no Cordão da Bola Preta nunca intrigou Elaine, vendedora ambulante que tinha frequência garantida em blocos e manifestações políticas da cidade do Rio. Pelo contrário, ela já havia incorporado o método de contagem. Ou, por certo, sua intuição era o verdadeiro método.

Dava ali pelas 11h da manhã, e quem a conhecia já ficava de orelha em pé. Tinha ano que era por volta de 11h15. Em outros, às 11h45. Como precisar, meu Deus? O fato é que em algum momento imprevisível de cada um dos últimos cinco desfiles ela anunciava: "O mar de gente chegou a 1 milhão, hein". Dali a alguns minutos, batata! O carro de som fazia eco com nossa guru.

...

Num domingo desses, entre bolinho de abóbora e uma leva considerável de ampolas de Serra Malte, Nira, a querida sogra, deu de contar suas histórias de Carnaval. As lembranças eram muitas, a convicção uma só: se o tríduo momesco fosse um conto, a chegada da banda do Bola na sua sede seria o clímax.

A que ponto? Nira sequer desfilava: investia horas na preparação para o auge da festa. Anos e anos dedicados à catarse. Nada, nenhuma beleza um dia foi mais bela do que o som dos sopros rompendo o salão e dizendo para um Rio inteiro: o Bola chegou. Sen-sa-cio-nal!

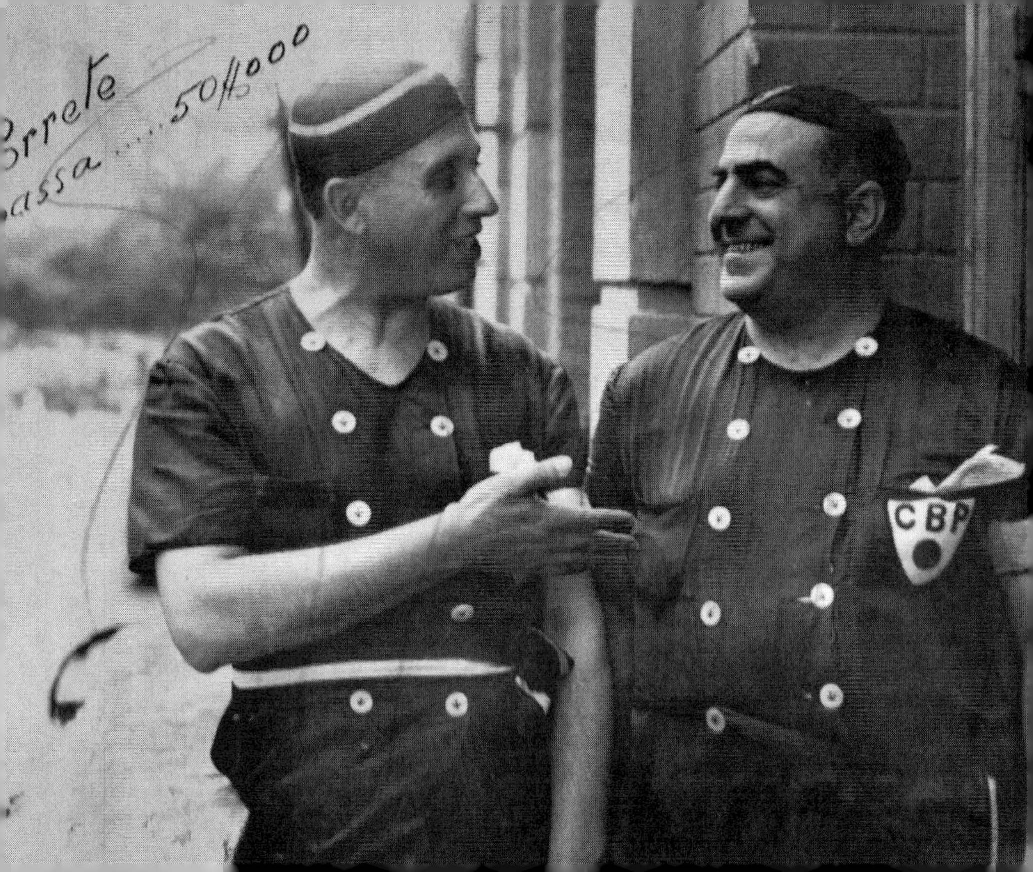
CBP

JAPÃO NO BOLA

ANDRÉ DINIZ E DIOGO CUNHA

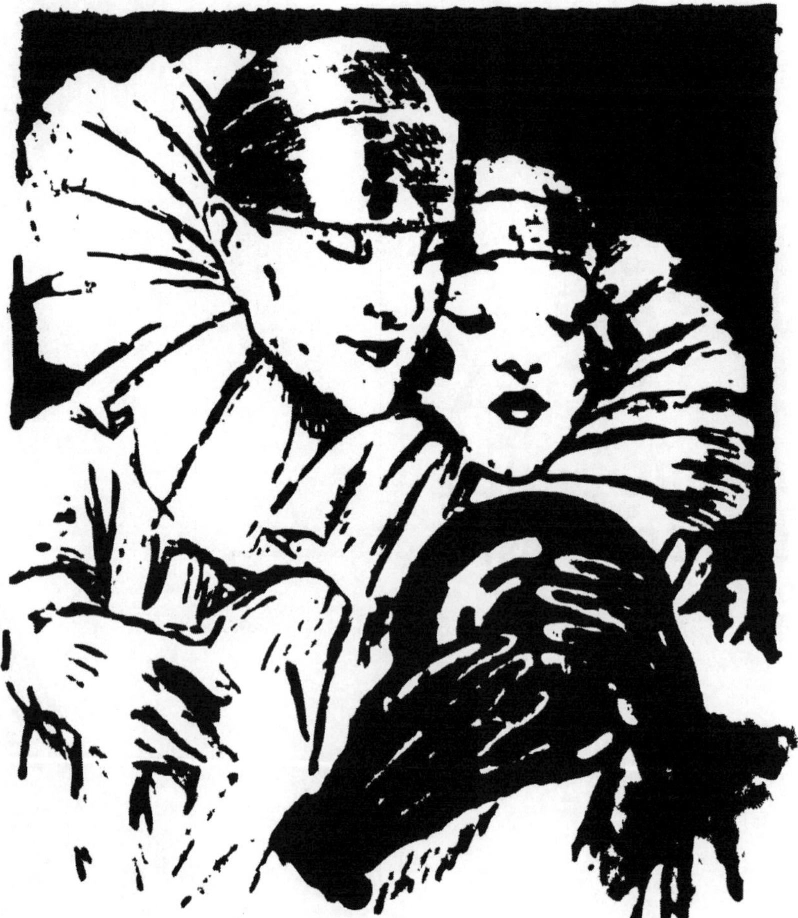

NIPOFOLIÕES

Uma vez, o mestre Cartola ficou sem dar o ar da graça no CEP onde morava por dois dias. Isso em 1950, 1951. Para justificar a sua ausência à esposa, contou uma história do arco da velha: "Eu saí da Singer e um cara lá me chamou pra ir ao Bola Preta. Eu fui ao Bola Preta. Nós chegamos lá para ajudar, pra pendurar a fotografia do homem. Lá tinha um retrato do Getúlio Vargas, e ficou aquele negócio de tira o retrato do velho, bota o retrato do velho. Quando eu vi... já era quarta-feira."

Dona Zica, com notável presença de espírito, mandou à queima-roupa: e "então, acertaram o retrato do velho, Cartola?"

> *Eu já botei o meu*
> *E tu, não vai botar?*
> *Já enfeitei o meu*
> *E tu, vais enfeitar?*

Nunca na história desse país um presidente foi tão cantado como Getúlio Vargas. No baile getulista, a trilha sonora era eclética: para uns, ele valsou como "Mãe dos Ricos", para outros, sambou como "Pai dos Pobres". Mas o ritmo das batidas militares ecoava forte em seu coração. O presidente era enredo de hinos, sambas, marchas etc. Uma das marchas é "Se eu fosse o Getúlio", de Arlindo Marques Jr. e Roberto Roberti, que dizia mais ou menos assim:

> *O Brasil tem muito doutor*
> *Muito funcionário, muita professora*
> *Se eu fosse o Getúlio, mandava*
> *Metade dessa gente pra lavoura*
> *Mandava muita loura... plantar cenoura*
> *E muito bonitão... plantar feijão*
> *E essa turma da mamata...*
> *Eu mandava plantar batata*

Em 14 de abril de 1933, quando Getúlio ainda dava as cartas no período "revolucionário", atracava no porto de Santos um navio japonês. Dele desceu, de mala e cuia, um rapaz baixinho, polido e bem barbeado, com 23 anos de idade. Ele era Kohako Yamaguishi e supunha-se lavrador. Mas o japa nunca pegou na enxada. Nunca plantou um pé de couve-flor, de feijão ou de batata. Kohako, que aqui teve mais nome que estelionatário, ganhou o nome de Paulo Yamaguishi no Brasil e chegou por essas bandas com outras intenções profissionais. Veio pra ser fotógrafo de uma agremiação nada carnavalesca. A missão de Paulo Yamaguishi era mandar o oló (matar) aos japoneses traidores da pátria e decretar a volta para o Japão dos verdadeiros patriotas.

Depois de terminada a Segunda Guerra, em 1945, que acabou com a vitória dos Aliados (Inglaterra, URSS, EUA) e, no rebote, com a invasão do Japão pelas tropas estadunidenses, surgiram em São Paulo sociedades secretas destinadas a fazer propaganda aos nipônicos, tentando convencê-los, e muita gente boa foi realmente convencida, de que o Japão não entregou os pontos, não perdeu a Segunda Guerra. Tal posicionamento levou ao surgimento, pelas mãos de Yamaguishi, da DAI-NIPPON-TEIKOKU KOKUMIM-ZEN-EI-TAI – que, se o nosso vasto conhecimento do japonês não nos trair, significa Guarda Avançada do Grande Povo do Imperador Japonês.

Paulo Yamaguishi arrecadou com os compatriotas uma grana para financiar a sociedade. Escolheu a dedo seu Estado-Maior. Com a bufunfa no bolso, chegou ao Rio de Janeiro em setembro de 1950. Na cidade, comprou uma máquina fotográfica moderna, uma camisa florida, um par de Havaianas, encheu a caveira de caipirinha e jogou altinha na Praia de Copacabana. Seu primeiro clique foi na bandeira do Cordão da Bola Preta, pendurada na sede. Isso quando o pavilhão ainda tremulava no terceiro andar do edifício Municipal, na 13 de Maio, no centro. E não parou por aí. Foi ao cais do porto e enquadrou alguns navios lá atracados – navios que na sua chaminé tinham uma estrela e dentro dela a letra "J". Não satisfeito, subiu a serra e no hotel Quitandinha, em Petrópolis, onde se realizava um congresso de ciências, deixou-se fotografar ao lado da bandeira do Japão hasteada juntamente com outras de vários países que participavam do conclave.

Com as chapas na mão, o trepidante Yamaguishi voltou a São Paulo para o quartel-general da DAI-NIPPON. Por lá imprimiu centenas de fotografias da bandeira do Cordão da Bola Preta, as do Quitandinha e dos navios no porto do Rio de Janeiro. Distribuiu as chapas do Bola Preta aos patrícios, afirmando que se tratava da sede do Banco Internacional do Japão no Rio de Janeiro. Como se sabe, a bandeira do Bola é branca com um grande círculo preto no meio. A do Japão (isso depois da Segunda Grande Guerra) tem um círculo vermelho, mas como a fotografia foi tirada em preto e branco, o vermelho foi retratato como preto. Ele usou as fotografias que apresentavam a bandeira do Japão no Quitandinha para confirmar que seu país estava livre e que seu pavilhão tremulava em toda parte. E ainda por cima exibiu a fotografia dos navios com "J", dizendo que depois da guerra todos os barcos eram obrigados, pelo Imperador japonês, a ter uma estrela com o "J" do Japão ao centro. É mole?

Tudo ia às mil maravilhas. Só que a sorte mudou para o viajandão nipônico. Um dos membros da sociedade viu na lista de morte o nome de um dos seus compatriotas a quem ele devia muitos favores. Aí deu ruim! O cara bateu com a língua nos dentes e chamou a polícia. O delerusca Antônio Dourado meteu o pé na porta, na casa de Paulo, e apreendeu revólveres, facões, álbuns de fotografias do Rio, os negativos da bandeira do Bola Preta, cadernos contendo a lista de sócios da DAI-NIPPON e dos traidores que deveriam passar dessa pra melhor. Paulo e parte da turma DAI-NIPPON foram parar no xilindró. Todavia, ele jurou de pés juntos que Getúlio Vargas iria soltá-los por ordem do Imperador Hirohito. Mas Getúlio não deu a menor bola ou corda. Pois é, como diria o mestre Cartola, "Acontece"!

O BLOCO ESTÁ NA RUA

EMÍLIO DOMINGOS

Emílio Domingos, cineasta e cientista social formado pela UFRJ, atualmente é mestrando em Cultura e Territorialidades pelo PPCULT - UFF. Diretor, pesquisador e roteirista, com o foco em documentários e antropologia visual. Dirigiu 10 curtas e 3 longas-metragens, dentre eles os longas *Deixa na Régua* (2016), *A Batalha do Passinho* (2013), e *L.A.P.A.* (2008). Foi pesquisador em filmes como *Mistério do Samba* (2008) e *Pierre Verger* (2000) entre outros. No momento realiza o seu quarto longa metragem intitulado *Favela É Moda* (2019) e roteiriza um documentário sobre Gilberto Gil.

Em 22 de Janeiro de 2008, ano em que faria 90 anos, o Clube do Cordão da Bola Preta foi despejado de sua sede. Esse fato ocorreu há dez anos. Enquanto as portas eram lacradas, o Bola Preta se organizava para o desfile que ocorreria, na Avenida Rio Branco, uma semana depois.

Meu encontro com o bloco se deu no fim dos anos 1990, como folião, e me aproximei do Clube no início dos anos 2000, quando era DJ de uma festa que acontecia mensalmente na antiga sede do Cordão da Bola Preta, a PHUNK!. Era na rua 13 de Maio, número 13, Cinelândia, Centro da cidade. A localização somada ao preço acessível, tornava a festa um espaço democrático, eram cerca de mil frequentadores por edição, provenientes de todas as regiões do Rio de Janeiro que dançavam ao som da boa música negra nos tradicionais salões espelhados. Além dos sets dos DJs, a festa também ficou reconhecida por movimentar a cena musical do período tendo a participação de diversos músicos, tais como: BNegão, Curumim, Lucas Santtana, Afrika Bambaataa, Black Alien, Lurdez da Luz entre outros.

Essa parceria entre a PHUNK! e o Bola Preta durou cinco anos e teve um fim abrupto quando fomos surpreendidos com a notícia de que o Clube fora despejado por dívidas com o condomínio do prédio. O comunicado veio numa sexta feira, dia anterior de mais uma edição da festa. Me senti duplamente órfão: como folião do Bola Preta, que estava perdendo sua sede, e como DJ de uma festa que perdia seu espaço.

Dessa tristeza surgiu a vontade de realizar um documentário como forma de registrar algo tão importante para a história dos cariocas. Sou documentarista, realizo filmes desde 2000, e na época estava lançando o meu primeiro longa, o *L.A.P.A* (2008). Meu trabalho gira em torno de temas ligados à cultura da cidade do Rio de Janeiro.

O curta *O bloco está na rua* teve como objetivo acompanhar o desfile do Bola Preta imediatamente após a notícia do despejo da sede. Entrei em contato com o presidente Pedro Ernesto, que foi muito receptivo em meio à crise que o Bola sofria, e me autorizou a filmar, liberando o meu acesso ao carro principal do desfile.

O Cordão da Bola Preta, bloco mais popular do carnaval carioca, mesmo tomado pela tristeza, ocupou no dia 02 de fevereiro de 2008 uma das principais avenidas do Centro do Rio de Janeiro, e mostrou que uma instituição tão representativa da alma da cidade, não precisa necessariamente de uma sede para ser legitimada e adorada pelo povo.

A previsão de público para aquele desfile era de 200 mil pessoas. Começou às nove horas da manhã e acabou às duas da tarde, horário que fora pré-definido pela organização do Carnaval de Rua. A equipe de filmagem encontrou-se às 8h da manhã do sábado de carnaval na porta do Cinema Odeon e foi estabelecido que ficaríamos divididos em dois grupos: eu e o fotógrafo Paulo Castiglioni iríamos em cima do caminhão com a banda; e a outra parte da equipe acompanhando o segundo fotógrafo na pista,[1] junto com a multidão.

Tradicionalmente, o bloco concentrava-se na praça Cinelândia e depois percorria as ruas do centro em direção à Candelária. Desnecessário mencionar o calor extremo que fazia no verão daquele ano. Já dava para sentir o que nos aguardava. Uma multidão que pulava mesmo antes da banda começar a tocar. De repente abre-se um corredor no meio das pessoas e uma fila indiana formada por homens de branco e os seus instrumentos seguem em direção ao caminhão: é a banda. Os músicos sobem e enquanto se organizam em cima do caminhão, o locutor do Bola Preta entretêm os foliões.

Uma das falas que me chamou atenção foi logo no início, com seu humor tipicamente carioca ele disse "(...) ano passado foram roubados 1.482 documentos no Bola Preta. Então, o otário que tá com a carteira à mostra, pegando aquela nota de 50, vai dançar, viu meu filho. Porque o malandro vem pra cá se dar bem e o otário quando bebe, dança".

Quando a banda começou a tocar "Cidade Maravilhosa", a multidão foi ao delírio. Delírio este que só seria superado na execução da terceira marchinha, "Quem não chora, não mama", hino do bloco, de Vicente Paiva, mesmo autor de "Mamãe eu quero", com Nelson Barbosa, escrita em 1935.

---

1 A outra unidade era composta pelo fotógrafo Gustavo Pizzi; pelo produtor, Cavi Borges; e pelas assistentes de produção Karine Telles e Fabíola Trinca.

A sucessão de marchinhas mais o calor e a cerveja ingerida por alguns gerou o que parecia ser um transe coletivo. Do alto do caminhão o que eu via era uma massa de gente apertada em que todos sorriam. Foliões de todas as idades vestidos de preto e branco. A cada mudança de música o público soltava um urro de alegria, como no Maracanã. As ruas estavam apinhadas, com pessoas em cima dos pontos de ônibus, marquises e becos, não se via nenhum espaço que não estivesse ocupado. Ambulantes faziam a festa e circulavam com seus carrinhos com certa dificuldade. Água e cerveja são indispensáveis ao carnaval. A mobilidade era exercida como um milagre em meio ao mundo de gente.

Minha função era olhar no visor da câmera e fora desta para encontrar os nossos personagens em meio a aglomeração. Durante o processo fiquei tão concentrado na observação do que acontecia com o bloco que me esqueci de cuidados básicos com o corpo. Não levei em consideração uma das orientações dadas pelo locutor no início: beber água e usar boné. Ao final do dia estava com uma insolação da qual só fui me recuperar três dias depois. Outro que também não deu credibilidade aos avisos foi o segundo fotógrafo da equipe, Gustavo Pizzi, que estava no meio do povo e filmava sem se preocupar com a carteira e celular nos bolsos, entrando para a estatística anunciada prudentemente pelo locutor. Gustavo só percebeu a perda de ambos minutos depois e ficou durante três horas perdido do restante da equipe.

Foram cinco horas de evolução do bloco na avenida, os foliões vieram em massa, surpreendendo a previsão inicial. O Bola arrastou mais de 500 mil pessoas atrás dos seus quatro caminhões de som até a esquina com a rua do Ouvidor. Era tanta gente que tiveram que finalizar no meio do trajeto devido ao horário limite, ou nas palavras do locutor o bloco acabou antes porque: "entupiu". Ao final, mesmo após o silêncio da banda, o som permaneceu em meus ouvidos junto com o zumbido gerado pelos foliões ruidosos no meio da pista.

O curta metragem encontra-se disponível na internet com o título *O Bloco Está Na Rua – Cordão da Bola Preta*.[2]

---

[2] O filme está disponível através do link: https://www.youtube.com/watch?v=N-C8RNiH24gk, acesso em 10 de outubro de 2018.

Em 1935, Frederica Eulália Sebastiana Theodorica Hortência da Pomba, a Rainha Moma, desembarcou pela primeira vez no Rio de Janeiro. Sem data.

SANTO DE CASA

ANDRÉ DINIZ E DIOGO CUNHA

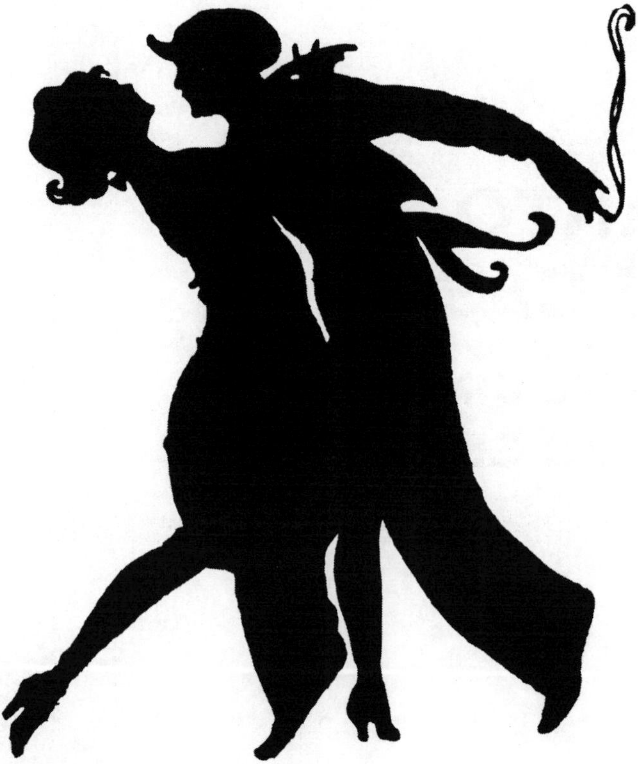

Sob o papado de Silvestre I, convertido a São Silvestre, foram construídos alguns dos primeiros grandes monumentos do cristianismo, como a Igreja do Santo Sepulcro, em Jerusalém, e as primitivas basílicas de São João de Latrão e de São Pedro, em Roma; além das igrejas dos Santos Apóstolos em Constantinopla. Para usar uma expressão de samba de enredo: "Vultos de notável mérito". Todavia, quem entra naquele estrupício plantado na Avenida Rio Branco, o Edifício Avenida Central, está disposto a coisas que até Deus duvida. O edifício tem, tal qual, a música "Shopping Móvel" (Luisinho Toblow e Claudinho Guimarães) de tudo um pouco:

> *CD pirata do Frank Sinatra a Zeca Pagodinho (...)*
> *Despertador, rádio de pilha, ventilador e sapatilha*
> *Até peruca é possível se encontrar.*

Mas antes, o endereço abrigava outra parada. Lá funcionou a histórica Galeria Cruzeiro. O prédio fora construído para abrigo e ponto terminal dos bondes da Companhia Ferro Carril Jardim Botânico. Mas no lote também tínhamos estabelecimentos com outras intenções profissionais. Quem conta essa é o Álvaro Freitas, o camarada que instalou a primeira rede elétrica do prédio e era funcionário da Companhia de Ferro Carril: "O barão do Rio Branco vinha comer coelhos e lebres no Bar da Brahma (na Galeria Cruzeiro). E fazia questão que matasse a caça na hora."XXXIX

Vocês devem se lembrar que o Álvaro de Oliveira Gomes, o famoso K. Veirinha, jurou de pés juntos que foi na Galeria Cruzeiro, em 31 de dezembro de 1918 – dia de São Silvestre –, que o Bola foi fundado. E parece que o furdunço aconteceu no corre-corre, no empurra-empurra do clima de final de ano, começou com a batalha de confete:

> O cordão começou com a batalha de confete (na noite de São Silvestre). Tínhamos dois filhos do Edmundo Bittencourt, do *Correio da Manhã*. Idealizamos entrar no corso, que naquela época era na Avenida Rio Branco. Com um caminhão (cedido pelo *Correio da Manhã*), com uma fralda que vestia o veículo. Abastecido com um barril de chope de 100 litros, além de outras bebidas, conjuntos musicais.[1]

CEP(s)

O Cordão da Bola Preta demorou pra ter sua própria igrejinha. Durante muitos anos, o Bola funcionou antes das temporadas carnavalescas e em sedes alugadas. Segundo Maurício Figueiredo, na obra *Cordão da Bola Preta: boêmia carioca*: "No início do mês de janeiro de 1919, Caveirinha e seus amigos já haviam conseguido alugar o Cabaré dos Políticos (onde hoje é o cinema Palácio)".[2] No começo dos anos 1920, os fuzuês carnavalescos ocorriam numa república na rua da Glória, n° 88 (sobra-

---

1 Depoimento de Álvaro Gomes de Oliveira ao MIS-RJ em 3 junho de 1970.
2 FIGUEIREDO, Maurício. *Cordão da Bola Preta: boêmia carioca*. Rio de Janeiro: Comércio e Representações Bahia, 1966. p, 23.

do), onde pintavam figuras como os compositores Pixinguinha, Donga, Ary Barroso e os cantores Chico Alves, Patrício Teixeira e grande elenco. Para encher a moringa, a rapaziada "utilizava um elevador improvisado ligando o sobrado ao bar situado no térreo, cuja finalidade era transportar as comidas e as bebidas, sem prejudicar o bom andamento da festa".[XL]

Conta a história que em 1926 ocorreu o primeiro baile carnavalesco do Cordão da Bola Preta. O lote era o Cabaré dos Políticos e quem tocou o fuzuê foi uma "orquestra de propriedade de Paschoal Segreto."[XLI] Após o baile, o recinto mais parecia uma fábrica de macarrão de tanta serpentina amarela jogada pelo salão.[3] Em 1939, todas as agremiações deveriam ter uma sede própria, e o local escolhido pelo Bola Preta foi a rua Bittencourt Silva, 21, em cima da antiga sede de *O Globo*.

50 CARNAVAIS NO QUARTEL-GENERAL DA AVENIDA 13 DE MAIO, 13, SALÃO SOCIAL, 3º ANDAR.

Em dezembro de 1949, o Bola Preta plantou residência no terceiro andar do Edifício Municipal, na Avenida Treze de Maio, número 13. O imóvel foi adquirido pela bagatela de 3 milhões e 400 mil cruzeiros na base do livro de ouro. O Cordão ficou no local por 58 carnavais. Despejado nas vésperas do fuzuê de 2008, devido a uma dívida colossal, o Bola fez as suas trouxas para nova morada, na rua da Relação, 3. O Bola quase enrolou bandeira pelo menos umas duas vezes e teve quartéis-generais na Lapa, na Glória e na Cidade. Mas nem de longe o Bola é o Bola devido aos seus quartéis-generais. A resposta vem sem es-

---

3 Depoimento de Álvaro Gomes de Oliveira ao MIS-RJ em 6 de março de 1969.

quivar: é a partir do momento que ele ganha as ruas que o Bola pode erguer a cabeça e bater no peito: "Eu sou eu, o Cordão da Bola Preta".

Até a década de 1930, como vimos em linhas passadas, o Bola Preta não desfilava durante o período de Momo. Por anos, "a tal alegria infernal" desfilou nas noites de São Silvestre, dias antes do Carnaval, ou ficava confinada em seus salões. Depois da década de 1930, aí sim, o Bola passou a encher as ruas do centro do Rio de Janeiro com Fulanos e Fulanas. Mesmo assim, nos anos de 1970, o Bafo de Onça e o Cacique de Ramos levavam mais suçuaranas e silvícolas peles vermelha (que pareciam ter saído de uma fita de Tom Mix), às ruas do Rio do que o Bola Preta.

Não é difícil imaginar que quando o Bola surgiu, em 1918, havia apenas meia dúzia de gatos pingados encabeçando o cordão. Disse 1918 e faça as contas. Isso mesmo, o Bola é centenário. Em 100 anos de existência, completados no dia 31 de dezembro de 2018, o Cordão não só ganhou as ruas, como também virou o queridinho das agremiações da cidade do Rio, uma referência para outros blocos e cordões, agregando em seus desfiles pessoas da zona sul, norte, oeste, subúrbios e de cidades que compõem o arco metropolitano do Rio de Janeiro.

CABELO NOVO

MARCELO MOUTINHO

Marcelo Moutinho é escritor, jornalista e diretor da Ala dos Devotos, do GRES Império Serrano. Autor dos livros *Ferrugem* (vencedor do Prêmio Clarice Lispector / Biblioteca Nacional, Record, 2017), *Na dobra do dia* (Rocco, 2015), *A palavra ausente* (Rocco, 2011), *Somos todos iguais nesta noite* (Rocco, 2006), *Memória dos barcos* (7Letras, 2001) e do infantil *A menina que perdeu as cores* (Pallas, 2013). Organizou antologias como *Conversas de botequim – 20 contos inspirados em canções de Noel Rosa* (com Henrique Rodrigues, Mórula, 2017). Seus contos foram traduzidos para França, Alemanha, Estados Unidos e Argentina, entre outros países.

Chegamos à Cinelândia às 9h03. Às 9h05 abrimos a primeira cerveja. De muitas. A estação do metrô cuspia gente na praça, que logo estaria tomada. Em meio à multidão, eu, Manu, Hilda, o Primo da Hilda, o Chefe da Hilda. A ideia de ir ao Bola Preta depois de muito tempo nascera no dia anterior. Ligação pra lá, ligação pra cá, você fala com fulano, eu falo com sicrano – não havia *Whatsapp* à época e mesmo a internet era um tanto incipiente. Tudo no telefone mesmo.

Manu não conhecia a Hilda, eu não conhecia o Primo e o Chefe. Em poucos minutos entre latas de Brahma, éramos todos íntimos. Aquela familiaridade súbita que o álcool, quando se junta com o carnaval, desenha no ar como voo de serpentina. Acesa e fugaz.

O carro de som logo apareceu. Era o núcleo em torno do qual as centenas de milhares de pessoas ali reunidas iriam se amoldar, aos poucos. Nós, inclusive.

"Ó, jardineira, por que estás tão triste / Mas o que foi que te aconteceu?", os versos da marchinha ditavam o ritmo e, espremidos entre duas fileiras de índios, colombinas, palhaços, borboletas, presidiários, camisas brancas, bolas pretas, passamos a ser conduzidos. Já não havia autonomia no movimento. Íamos pra frente se assim aquela massa compacta o determinasse. Parávamos por alguns segundos se essa fosse a sua vontade. O Bola Preta tornara-se, então, um deus onipotente.

Outras marchas se sucederiam, e sambas-enredo, e mais marchas. Em dado momento, Hilda quis ir ao banheiro. Não tinha nenhum por perto. Ela nos deixou por dez ou quinze minutos. Na volta, contaria, orgulhosa, que se agachou dentro de um banco 24 horas e mijou lá mesmo, com direito à privacidade e fresquinho do ar-condicionado. "E as câmeras de segurança?", perguntei. Mas o Bola Preta nos tragou, sem tempo para resposta. Bloco que segue, como a vida.

Até que a máscara negra saudada por Zé Ketti deu a senha: "Vou beijar-te agora / Não me leve a mal / Hoje é carnaval". O instante em que a folia assenta afeto e libido na mesma marcação, surdo e metais soando como uma coisa só, inseparável. Os corpos se tocavam, suor no suor. Mas o beijo não veio. Dispersão.

A fome, sim, viria. E nos levou ao Nova Capela.

Entre chopes e o cabrito com arroz de brócolis, alguém lembrou: tem Fla x Flu agora. Lá fomos nós, rumo ao Maracanã. Cada qual de um lado da torcida, para no fim festejar o morno empate com um mergulho conjunto e seminu na Praia do Leme.

A chuva, a essa altura, já se precipitara sobre a cidade. Pingos grossos e gelados. "No Cervantes não chove", disse a Hilda. Foi quando começaram as deserções. Manu, exausta, seguiu para casa. O cansaço pesava nos rostos, mas era preciso mais. Um pouco mais. "Vamos para o Bip Bip?", sugeri.

Fomos. Eu, a Hilda, o Primo. O Chefe se despediu brevemente, garantindo que nos encontraria lá. Sumiu.

Após atravessar Copacabana, os restos do primeiro dia de carnaval traduzidos no sono de um pirata à beira da calçada, no desalinho na maquiagem da travesti, no poste vomitado, chegamos ao Bip. A roda reunia os de sempre. Cantamos sambas tristes, talvez para lembrar que as palavras alegria e euforia até podem rimar, mas não são necessariamente sinônimas. Nada de o Chefe aparecer.

Já era a hora de fechar as contas, baixar a porta de ferro do bar e do portal aberto, ainda de manhã cedo, entre as pedras portuguesas da Cinelândia. "Deve ter desistido", comentou a Hilda. Ajudamos a arrumar as cadeiras, pedimos a saideira ao Alfredinho.

– Cheguei! – um grito agudo interrompeu a conversa.

Com um chapéu de folha de bananeira sobre a cabeça, o Chefe anunciava sua reestreia.

– Que porra de chapéu é esse? – indagamos, às gargalhadas.

Ele notara, ainda no Cervantes, que o cabelo estava esquisito depois do banho de mar. Ao passar por um camelô, resolveu comprar o tal chapéu.

– E onde você se meteu esse tempo todo?

Não satisfeito com a solução, acabou por descobrir um salão que costuma servir às prostitutas do bairro em turno preferencial, a madrugada. Corte masculino em promoção. Imperdível.

O Bip fechou e decidimos nos recolher, pra não queimar a largada do carnaval.

– Boitatá amanhã? – alguém propôs.

– Ou praia?

– A gente se telefona.

No táxi, enquanto o motorista reclamava dos blocos, do trânsito, dos bêbados, só conseguia pensar no Chefe chegando em casa e encontrando a mulher.

– O que diabos aconteceu com seu cabelo?

– Foi o Bola Preta, meu amor.

BIBLIOGRAFIA | HEMEROGRAFIA

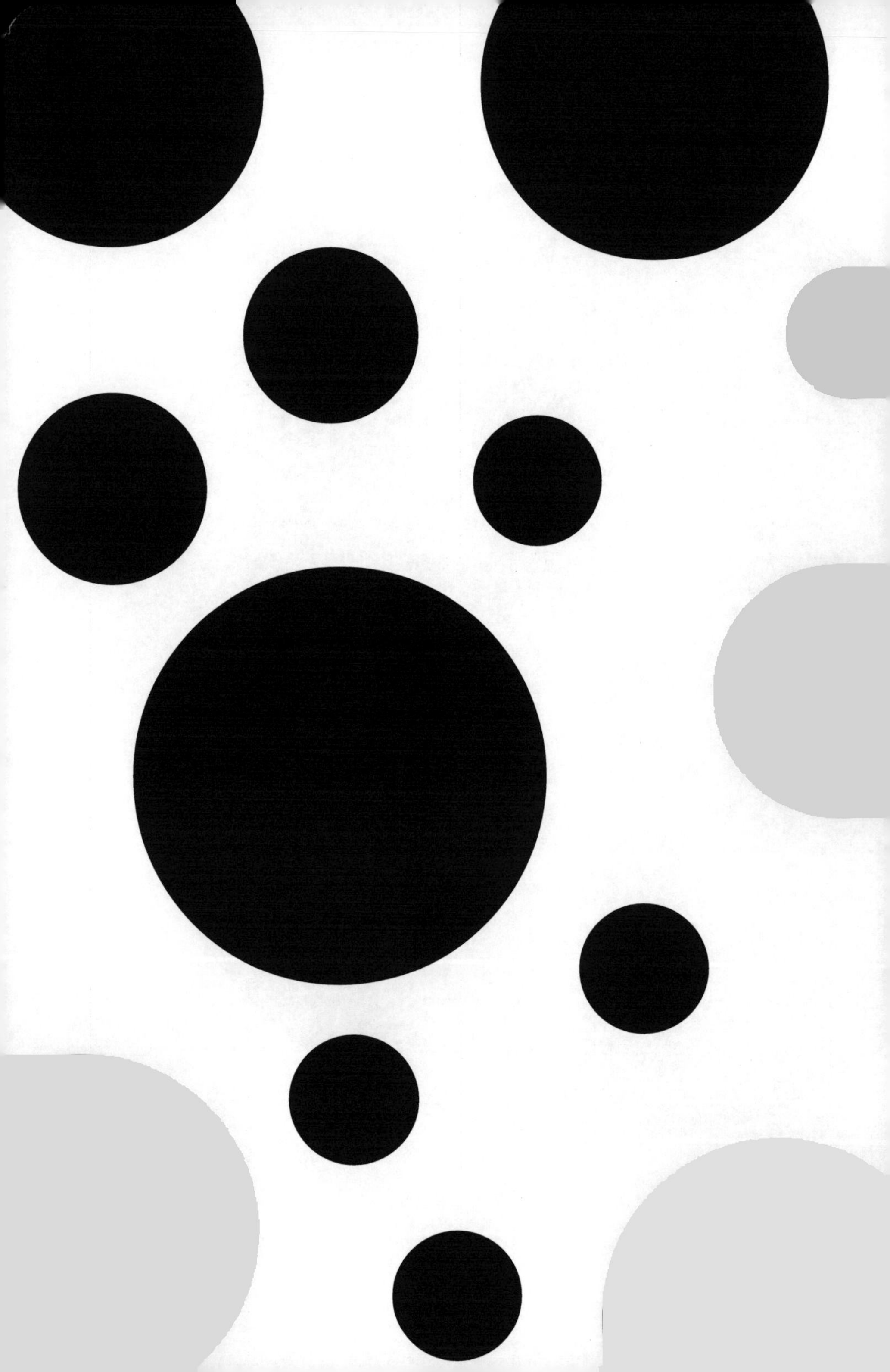

BIBLIOGRAFIA

DINIZ, André. *Almanaque do carnaval*: a história do carnaval, o que ouvir, o que ler, onde curtir. Rio de Janeiro: Jorge Zahar Editores, 2008.

DINIZ, André; CUNHA, Diogo. *A república cantada:* do Choro ao Funk, a História do Brasil através da Música. Rio de Janeiro: Jorge Zahar Editor, 2014.

FERREIRA, Felipe. *O livro de ouro do carnaval brasileiro.* Rio de Janeiro: Ediouro, 2004.

FIGUEIREDO, Maurício. *Cordão da Bola Preta:* boêmia carioca. Rio de Janeiro: Comércio e Representações Bahia, 1966.

LOPES, Nei; SIMAS, Luiz Antônio. *Dicionário da história social do samba.* Rio de Janeiro: Civilização Brasileira, 2015.

HEMEROGRAFIA

I *Jornal Diário Carioca*, Rio de Janeiro, 5 de novembro de 1932.

II *Jornal A Razão*, Rio de Janeiro, 11 de março de 1921, p. 5.

III Inaugura-se hoje o restaurante e bar Bola Preta. *Jornal Crítica*, Rio de Janeiro, 13 de dezembro de 1929, p. 6.

IV A quadrilha do Mercado Novo. *Jornal Correio da Manhã*, Rio de Janeiro, 6 maio de 1916, página 5.

V Jornal *O Paiz*, Rio de Janeiro, 5 de janeiro de 1925, p. 8.

VI Carnaval de Ontem e de hoje: na palavra de veterano folião carioca. *Jornal Correio da Manhã*, Rio de Janeiro, 2 de setembro de 1956, p. 12.

VII Exposição conta a história do Cordão da Bola Preta. *Jornal O Globo*, Rio de Janeiro, 21 de janeiro de 2005, Matutina, Rio, p. 13.

VIII LIMA, Romão; BARROSO, Antônio. Carnaval é Bola Preta. *O metropolitano*, 28 de fevereiro de 1960.

IX Carnaval: Bola Preta. *Jornal Diário Carioca*, Rio de Janeiro, 8 de janeiro de 1930, p. 9.

X Vagalume. Bola Preta. Nova sede. *Jornal Diário Carioca*, Rio de Janeiro, 16 de janeiro de 1930, Carnaval, p. 9.

XI Carnaval não é só rua. "Veneno", secretário da Bola Preta, diz ao *Diário da Noite*, que o famoso cordão ficará 'em casa'. *Jornal Diário da Noite*, Rio de Janeiro, 10 de fevereiro de 1930, p. 5.

XII *Jornal Diário Carioca*, 18 de Fevereiro de 1933, p. 7.

XIII Uma boa bola do Cordão da Bola Preta. *Jornal Diário Carioca*, Rio de Janeiro, 18 de fevereiro de 1933, Arraiais da Folia, página 5.

XIV Fechado temporariamente o Cordão da Bola Preta. *O Jornal*, Rio de Janeiro, 8 de janeiro de 1939, p. 12.

XV Suspenso hoje e amanhã os bailes da Bola Preta. *Jornal A Noite*, Rio de Janeiro, 7 de janeiro de 1939, p. 2.

XVI Ameaçado de desaparecer o Cordão da Bola Preta. *Jornal A Noite*, Rio de Janeiro, 9 de janeiro de 1939, p. 1.

XVII Nos arrais da folia. Bola Preta. *Jornal Diário Carioca*, Rio de Janeiro, 22 de dezembro de 1932, p. 9.

XVIII Um aspecto soberbo da festa inaugural do Bloco dos Chupetas. *Jornal O Globo*, Rio de Janeiro, 28 de fevereiro de 1935, Matutina, Geral, p. 6. A linha média do bloco era a seguinte: sheriff, Nelson Barbosa, Lord Ali K. T., secretário, Luiz Santos Dias, Lord vai por mim e tesoureiro Almerio Lord; Eva Querida, Lord a Mulher que eu amo; Lord Boxer invisível; Lord Conde; Lord Moacyr: Lord Magiole; Lord Tião II; Lord Faria e Lord Miloneza.

XIX EFEGÊ, J. Frederica, a rainha Moma que foi banida do carnaval. *O Globo*, Rio de Janeiro, 12 de fevereiro de 1974, Matutina, Cultura, p. 39.

XX EFEGÊ, J. Frederica, a rainha Moma que foi banida do carnaval. *O Globo*, Rio de Janeiro, 12 de fevereiro de 1974, Matutina, Cultura, p. 39.

XXI Rainha Moma que chega hoje de Niterói a esta capital, na barca das 21 horas, será hóspede oficial do Cordão da Bola Preta. *Jornal Diário Carioca*, Rio de Janeiro, 26 de fevereiro de 1935, noticiário, p. 4.

XXII A rainha Moma chegou. *Jornal Diário Carioca*, Rio de Janeiro, 27 de fevereiro de 1935, noticiário, p. 2.

XXIII Cordão da Bola Preta. A recepção de S. M. Frederica III, a rainha Moma – seu desembarque na Praça Mauá. *Jornal O Globo*, Rio de Janeiro, 30 de janeiro de 1937, Vespertina, Geral, p. 6.

XXIV Bola Preta! Sempre Bola Preta! *Jornal Diário Carioca*, Rio de Janeiro, 8 de fevereiro de 1936, página 15.

XXV Cordão da Bola Preta. A recepção de S. M. Frederica III, a rainha Moma – seu desembarque na Praça Mauá. *Jornal O Globo*, Rio de Janeiro, 30 de Janeiro de 1937, Vespertina, Geral, p. 6.

XXVI Frederica abriu o carnaval do Rio. *Diário da Noite*. Rio de Janeiro, 6 de fevereiro de 1961, p. 11.

XXVII Bola Preta A. C. *Jornal do Brasil*, Rio de Janeiro, 28 de dezembro de 1921, Esporte, p. 13.

XXVIII Feijoada no Sport Club Mangueira. *Jornal do Brasil*, Rio de Janeiro, 15 de novembro de 1921, Rio Desportivo, p. 14.

XXIX Jogos de domingo. *Jornal do Brasil*, Rio de Janeiro, 15 de junho de 1933, diário esportivo, p. 17.

XXX Cordão do Anjinhos x Cordão da Bola Preta. *Jornal Diário Carioca*, Rio de Janeiro, 18 de março de 1933, Esportes, p. 8.

XXXI Jogos de domingo. *Jornal do Brasil*, Rio de Janeiro, 15 de junho de 1933, diário esportivo, p. 17.

XXXII Cordão da Bola Preta x Cordão dos Anjinhos. *Jornal do Brasil*, Rio de Janeiro, 18 de junho de 1933, esporte, p. 25.

XXXIII Os Anjinhos empataram com o Cordão da Bola Preta em uma partida irregular. *Jornal Diário Carioca*, Rio de Janeiro, 5 de abril de 1933, Esportes, p. 8.

XXXIV Rei Momo vai barrar Castilho. *Jornal A Noite*, Rio de Janeiro, 12 de fevereiro de 1957, p. 16.

XXXV Qual é o peso do Rei Momo? *Jornal A Noite*, Rio de Janeiro, 12 de fevereiro de 1957, p. 16.

XXXVI Aí vem o carnaval. *Jornal Diário Carioca*, Rio de Janeiro, 2 de fevereiro de 1936, Conversa pra boi dormir, p. 18.

XXXVII *Jornal Folha de São Paulo*. São Paulo 16 de maio de 1999, Cotidiano.

XXXVIII De sapateiro a fabricante de bebidas finas. *Jornal A Noite*, Rio de Janeiro, 1950, p. 14.

XXXIX Vai desaparecer mais um reduto da boemia. *Jornal Tribuna da Imprensa*, Rio de Janeiro, 1º de março de 1957, p. 7.

XL LIMA, Romão Lima; BARROSO, Antônio. Carnaval é Bola Preta. *O metropolitano*, 28 de fevereiro de 1960.

XLI Bola Preta: duas versões das origens. *Jornal O Globo*, Rio de Janeiro, 7 de março de 1969, Matutina, Geral, p. 8.

INTERNET

Jornal Folha de São Paulo. São Paulo 16 de maio de 1999, *Cotidiano*. Disponível em: <https://www1.folha.uol.com.br/fsp/cotidian/ff16059915.htm>.

ENTREVISTAS

Depoimento de Álvaro Gomes de Oliveira, MIS-RJ em 3 junho de 1970.

Depoimento de Chico Brício, MIS-RJ em 6 de março de 1969.

2019 © Numa Editora

Coordenação geral
Numa Editora

Conselho editorial
Adriana Maciel
Fred Coelho
Lia Duarte
Mauro Gaspar
Marina Lima
Raïssa de Góes

Edição
Adriana Maciel

Revisão
Luiza Leite

Produção executiva
Juliana Carneiro e Lia Baron

Projeto gráfico e diagramação
Rec Design

Desenho da Capa
Lan

* Todas as fotos usadas no livro são do acervo e foram gentilmente cedidas pelo Bola Preta.

D585p

Diniz, André; Cunha, Diogo -
Vem pro Bola, meu bem! Crônicas e histórias do Cordão da Bola Preta / André Diniz e Diogo Cunha (org.). – Rio de Janeiro: Numa, 2019.
180 p.; 21 cm.

ISBN 978-85-67477-38-1

1. Cultura brasileira. Crônicas. Título.

CDD – 306

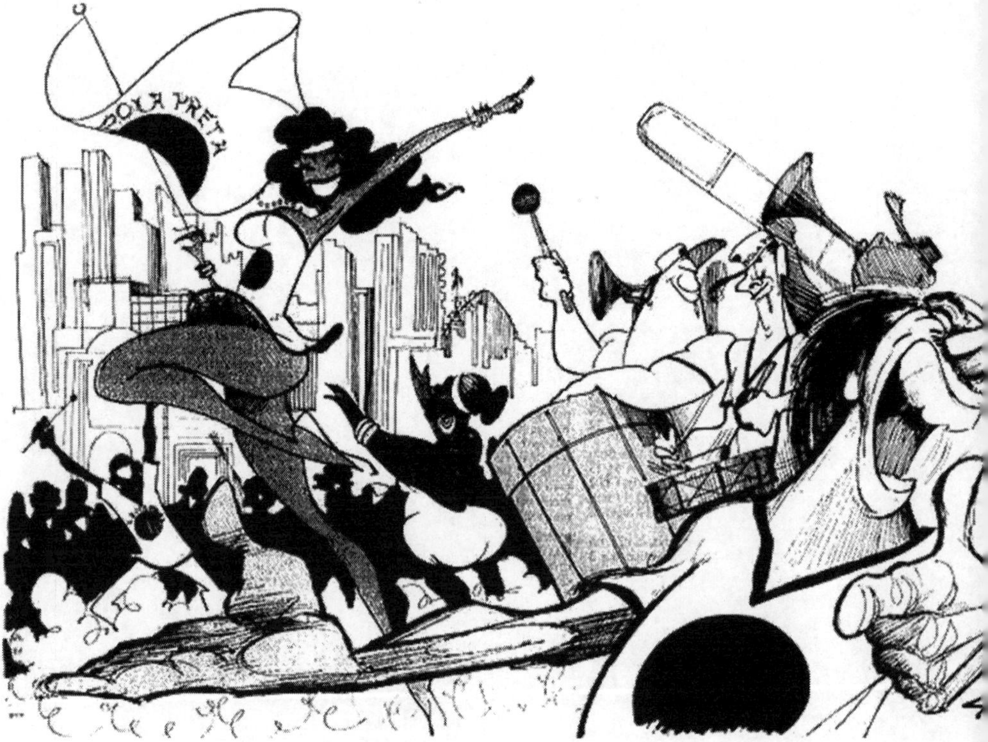
BOLA PRETA